La estrella de madera
y otros relatos

Marcel Schwob

www.archivosvola.es

rescatando el acervo

L'Étoile de bois

Traducción y notas de Luis González Platón
originalmente publicadas en
Marcel Schwob, *La estrella de madera*,
Ediciones Sequitur, Madrid, 2009

© Archivos Vola, Madrid, 2025

ISBN: 978-84-129820-5-3
D.L.: M-18251-2025

Hecho en Madrid

ÍNDICE

La estrella de madera   5

El tren 081   30

Los sin rostro   37

El hombre gordo   45

Béatrice   54

La siega sabina   61

Aracné   70

Las estrigas   78

Los mimos   86
  Prólogo
  Cina
  Los higos pintados
  La velada nupcial
  La enamorada

Marcel Schwob
(Chaville, 1867 - París, 1905)
retratado en 1902

Alain era el nieto de una vieja carbonera del bosque. En este antiguo bosque había más claros que senderos; prados redondos guardados por altas encinas; lagos de helechos inmóviles sobre los que planeaban ramas frágiles y frescas como dedos de mujer; grupos de árboles graves como pilastras, reunidos para murmurar durante siglos sus deliberaciones de hojas; estrechas ventanas de ramas que se abrían a un océano verde en el que temblaban largas sombras perfumadas y los círculos de oro blanco de sol; islas encantadas de brezos de color de rosa y ríos de aulagas; enrejados de luces y de tinieblas; grandes espacios naturales en los que surgían llenos de temblor los pimpollos y las juveniles encinas; lechos de agujas rosáceas donde las horcaduras musgosas de los viejos árboles parecían sumergidas hasta media pierna; cunas de ardillas y nidos de víboras; mil estremecimientos de insectos y cantos aflautados de pájaros. Con el calor, el bosque susurraba como un poderoso hormiguero; y guardaba en él, tras la lluvia, una lluvia lenta, cálida, obstinada que caía desde sus cimas y anegaba sus hojas muertas. Tenía él su respiración y su sueño; a veces roncaba; a veces, callaba mudo, quieto, al acecho, sin un roce de serpiente, sin un trino de curruca. ¿Qué esperaba? Nadie lo sabía. Tenía su voluntad y sus gustos: lanzaba en derechura las líneas de los abedules que se afilaban como flechas; luego, tenía miedo y se paraba en un rincón para estremecerse bajo un grupo de álamos temblones; daba un paso hacia las lindes, justo en la llanura, pero apenas se quedaba allí y huía de nuevo, entre el frío horror de sus más altos y profundos árboles, hasta su mismo centro nocturno. Toleraba la vida de los animales y no parecía darse cuenta de ella; pero sus troncos inflexibles, resistentes, anchos como rayos solidificados que hubieran salido de la tierra, eran hostiles a los hombres.

Sin embargo, el bosque no odiaba a Alain: lo que hacía era robarle el cielo. Durante muchos años el niño no conoció más luz que un turbio y lechoso color verde en el aire; y, al llegar la noche, veía la carbonera llenarse de puntos rojos. El misericordioso y viejo bosque no le había permitido ver nunca toda la plata y el oro que el cielo de la noche lleva consigo. Vivía así, al lado de una buena mujer, cuyo rostro, lleno de surcos como una corteza, se había hecho un lugar entre las inmutables líneas del reposo de la vida. Le ayudaba a cortar las ramas, a apilarlas en las carboneras, a tapar los montones de tierra y de turba, a vigilar el fuego para que fuera dulce y lento, a escoger los trozos para hacerlos negros montones, a llenar los sacos de los porteadores cuya figura apenas se veía entre la tiniebla de las hojas. A cambio de eso tenía la fortuna de escuchar al mediodía el charloteo de las ramas y de las bestias, de dormir bajo los helechos en la época del calor, de soñar que su abuela era una encina retorcida o que la vieja haya que miraba constantemente la puerta de la cabaña se iba a acuclillar y venía a comer la sopa; era feliz considerando sobre la tierra la constante huida de la inalcanzable moneda del sol; reflexionando cómo los hombres, su abuela y él no eran verdes y negros como el bosque y el carbón; mirando y espiando el instante de su olor más sublime; haciendo chapotear su cantarillo de arcilla en el agua de la charca que se había agazapado entre tres rocas redondas; viendo salir un lagarto al pie de un olmo como un brote luminoso, ondulante y fluido, y, en el hueco de la espalda del mismo olmo, hincharse el fuego carnoso de un champiñón.

Así fueron los años de Alain en el bosque, entre el dormir en sueños de los días y los sueños soñados durante las noches; y tenía ya diez años.

Un día de otoño hubo una gran tormenta. Todas las oquedades gruñían y gritaban; jabalinas que chorreaban lluvia se arrojaban una y otra vez en la confusión de las ramas; las ráfagas aullaban y formaban remolinos alrededor de las cabezas canas de las encinas; la joven albura gemía, la vieja se lamentaba; se escuchaba gimotear al viejo corazón de los árboles y algunos hubo que, golpeados mortalmente, cayeron rígidos, arrastrando trozos de su copa. La carne verde del bosque yacía cortada con sus heridas abiertas y por esas dolorosas aspilleras penetraba en sus entrañas de sombra azorada la luz horrible del cielo.

Esa noche el niño vio algo sorprendente. La tempestad había huido hacia la lejanía y todo había vuelto a estar en silencio. Se notaba una especie de gloria tranquila tras un largo combate. Al ir Alain a sacar agua con su escudilla en la charca del roquedal, vio las estrellas que, centelleaban, titilaban, parecían reír en el espejo rústico con una sonrisa helada. Al principio pensó que eran puntos de fuego como los que brillaban en el carbón de las carboneras: pero estos no le quemaban los dedos, huían de su mano cuando intentaba cogerlos, se balanceaban de un lado para el otro y después volvían obstinadamente a titilar en el mismo lugar. Eran unos fuegos fríos y burlones. Y Alain veía flotar en medio de ellos la imagen de su figura y la imagen de sus manos. Entonces volvió sus ojos hacia lo alto.

A través de una gran herida sombría del follaje, vio la concavidad radiante del cielo. El bosque ya no le protegía y sintió una desnudez llena de vergüenza. Pues, del fondo de esta inmensa claridad azulada, tan alejada, muchos ojillos implacables le miraban, pupilas muy penetrantes, guiños de estrellas, un picoteo de rayos. Así conoció Alain las estrellas y las deseó en el mismo instante en que las conoció.

Corrió al lado de su abuela, que atizaba pensativa la carbonera. Y, cuando le preguntó por qué la charca de las rocas reflejaba tantos puntos brillantes que se estremecían entre los árboles, su abuela le dijo:

– Alain, son las hermosas estrellas del cielo. El cielo está por encima del bosque y los que viven en la llanura lo ven siempre. Y cada noche Dios alumbra sus estrellas.

– Dios alumbra en la llanura sus estrellas …repitió el niño. Y yo, abuela, ¿podría encender las estrellas?

La anciana colocó sobre su cabeza su mano dura y cuarteada. Era como si una de las encinas hubiera tenido piedad de Alain y le hubiera acariciado con su gruesa corteza.

– Tú eres muy pequeño. Nosotros somos muy pequeños, dijo ella. Tan sólo Dios sabe en la noche encender sus estrellas.

Y el niño repitió:

– Tan sólo Dios sabe en la noche encender sus estrellas...

II

A partir de entonces, los gozos diarios estuvieron llenos de inquietud. El murmullo del bosque dejó de parecerle inocente. Ya no se volvió a sentir protegido bajo el abrigo dentado de los helechos. Se extrañó de cómo el sol se movía sobre el musgo. Se cansó de vivir en la sombra verde y oscura. Deseó otra luz diferente del tornasolado del lagarto, del sombrío tapiz del champiñón y del enrojamiento del carbón en las carboneras. Antes de irse a dormir, iba a contemplar en la charca la innumerable risa crepitante del cielo. Toda la fuerza de sus deseos le llevaba más allá de las tinieblas cerradas de las hayas, de las encinas, de los olmos, detrás de los que había más hayas, más encinas y más olmos aún y siempre otros árboles y montones de oquedales. Su orgullo se había sentido herido por las palabras de la anciana:

– Tan sólo Dios sabe en la noche encender las estrellas.

– ¿Y yo? Pensaba Alain. Si me marchara a la llanura, si viviera bajo ese cielo que está por encima de los árboles, ¿no podría yo también encender mis estrellas? ¡Oh! ¡Iré! ¡Iré!

Nada le gustaba ya en el recinto del bosque que le asediaba como un ejército inmóvil, le aprisionaba como una prisión rígida cuyos árboles-carceleros se multiplicaban para detenerlo, extendían sus brazos inflexibles, se dirigían hacia él amenazantes, enormes, terribles y mudos, armados de contrafuertes nudosos, de barricadas hendidas, de manos gigantescas y enemigas; parecía hostil el bosque a todo lo que no era él mismo en la celosa protección de su corazón tenebroso. Pronto se curó de todas las heridas de la tempestad, volvió a cerrar las crueles heridas por donde penetraba la luz para dormirse de nuevo en el sueño de su profundidad. Y la charca del roquedal volvió a su oscuridad y el rostro del rústico espejo ya no reflejó nunca más la sonrisa luminosa del cielo.

Pero en los sueños del niño las estrellas reían siempre.

Una noche se escapó de la cabaña mientras que su abuela dormía. Llevaba una alforja con pan y un trozo de queso curado. Las carboneras brillaban serenamente con su fulgor sofocado. ¡Qué tristes parecían esos puntos rojos en comparación con las vivas centellas del cielo! Las encinas, en la noche, no eran más que sombras ciegas que alargaban sus largas manos a tientas. Dormían, como su abuela, pero dormían de pie. Había tantas que unas a otras se confiaban su custodia. No se las oía respirar durante el sueño. Estarían así, en silencio, hasta los primeros levantes de la aurora. Pero, cuando el viento de la mañana hiciera murmurar las hojas, Alain habría ya burlado su vigilancia. Todos los pájaros piarían y piarían para advertirlas pero Alain ya se habría deslizado entre sus brazos. No le podrían seguir pues tenían pánico a la llanura. Se conformarían con amenazarle de lejos, como una fila de gigantes negros: no sabían ni gritar ni caminar, ellas no sabían nada más que amontonarse, estrecharse, multiplicarse, crecer, abrirse, ahorquillarse, echar mil tentáculos inmóviles, adelantar de pronto gruesas cabezas y horribles clavas. Pero en las lindes de la llanura su poder quedaba anulado y un encantamiento las paralizaba de pronto como si la luz las hubiera deslumbrado de estupor.

Cuando Alain llegó a la llanura, se atrevió a darse la vuelta. Los gigantes negros, agrupados como el ejército de la noche, parecían mirarlo con tristeza.

Luego Alain levantó la mirada. Un milagro le aguardaba en el cielo. Se podría decir que estaba todo florido de flores de fuego. Por doquier se estremecía con sus centellas. Algunas huían, se hundían, desaparecían, aparecían de golpe, aumentaban, ardían al rojo vivo, palidecían, se volvían azules, se borraban, flotaban un momento, se esparcían en tres, cuatro o cinco trazos de llama, luego se volvían a juntar, se fundían y, condensadas, no eran más que un punto brillante. Tenían otras una insoportable agudeza, atravesaban los ojos como una aguja, luego se hacían dulces, se llenaban de bruma, se extendían, se convertían en manchas claras, vacilaban, se marchaban de pronto hacia el vacío y luego, al momento, volvían a aparecer, horadando el aire con su estilete de pureza. Otras había que formaban líneas, construían figuras, se disponían en formaciones en donde Alain veía casas, ventanas, carros; de repente era el ángulo del techo el que titilaba, más tarde el dintel de la puerta, la empuñadura del timón o el centro del cubo de la rueda del carro; más tarde se apagaba todo; luego los puntos todavía brillaban, pero con una luminosidad desigual de manera que las figuras en un momento se confundían.

El niño dirigía sus manos hacia el fondo de la noche. Intentaba coger las luces pálidas, modelarlas para volver a formar las figuras, lleno de curiosidad por aprender cómo ardían y si había allí arriba grandes carboneras de carbón azul picadas todas ellas por llamas.

Al momento vio la llanura. Era larga, ancha y desnuda, sin forma hasta su unión con el cielo, con escasa movilidad por su vegetación baja. Un río lento era su linde cuyas orillas no se distinguían. Era como la llanura sólo que un poco más blanco.

Alain se encaminó al río para volver a ver en él las estrellas. En él parecían fluir, se hacían líquidas e inciertas, se doblaban, se hacían redondas, se velaban bajo un telón oscuro y en ocasiones se las veía en una muchedumbre de líneas cortas que se espejaban. Iban con la corriente, se extraviaban en los remolinos y morían, ahogadas por gruesos manojos de hierbas.

Durante toda esa noche, Alain caminó junto al río. Dos o tres hálitos de la mañana envolvieron a todas las estrellas con una mortaja gris clara con rayas de oro y de rosa. Al pie de un árbol enjuto en el que temblaban sus hojas de plata, Alain se sentó un poco cansado. Aún caminó todo el día. A la noche durmió en un hueco de la orilla. Y a la mañana siguiente, retomó su marcha.

Hete aquí que vio alargarse el río y perder a la llanura su color. El aire se hacía húmedo y salado. Los pies se hundían en la arena. Un murmullo prodigioso llenaba el horizonte. Pájaros blancos volaban emitiendo gritos roncos y llenos de lamento. El agua se volvía amarilla y verde, se inflaba y se salía de su curso. Las orillas se abajaban y desaparecían. Al momento, Alain no vio otra cosa que una gran extensión de arena, atravesada a lo lejos por una larga raya oscura. El río dio la impresión de que no avanzaba: lo detuvo una barrera de espuma contra la que todas sus olas pequeñas luchaban. Más tarde se abrió y se hizo inmenso; inundó la llanura y se extendió hasta el cielo.

Alain estaba rodeado de un tumulto extraño. A su lado crecían cardos de las dunas con cañizos amarillos. El viento le barría el rostro. El agua se elevaba con hinchazones regulares, crestadas de blanco; largas curvaturas huecas que venían una y otra vez a devorar la playa con sus bocas glaucas. Vomitaban en la arena una baba de burbujas, de conchas pulidas y agujereadas, de espesas flores de viscosa liga, caracolas relucientes, recortadas, cosas transparentes y blandas con singular animación, misteriosos restos misteriosamente gastados. El mugido de todas esas bocas glaucas era dulce lleno de lamentos. No gemían como los grandes árboles, sino que parecía que lloraban con otro lenguaje. También debían de ser envidiosas e impenetrables: pues hacían rodar su sombra púrpura apartadas de la luz.

Alain corrió por la orilla y se dejó mojar los pies por la espuma. La noche venía. Por un momento pareció que estelas rojas flotaban en el horizonte en un crepúsculo líquido. Luego la noche salió del agua, en un extremo del mar; se llenó de poder, ahogó las bocas que gritaban desde el abismo con sus remolinos oscuros. Y las estrellas salpicaron el cielo del océano.

Pero el océano no se convirtió en el espejo de las estrellas. Al igual que el bosque, resguardaba contra ellas su corazón de tinieblas ayudándose de la agitación eterna de las olas. Se veía brincar por encima de esta inmensidad ondulante las cimas crinadas de cabelleras de agua que la mano profunda del océano retiraba al momento. Montañas fluidas se amontonaban y se fundían a un tiempo. Cabalgatas de olas galopaban furiosas, después se abatían invisibles. Filas infinitas de guerreros con crines en movimiento avanzaban en una carga implacable y zozobraban en el campo de batalla bajo el flotar de una interminable mortaja.

En el recodo de un acantilado vio una luz errante. Se acercó. Un corro de niños daba vueltas por la playa y uno de ellos movía una antorcha. Estaban inclinados mirando hacia la arena en el sitio en donde vienen a morir los largos labios del agua. Alain se mezcló entre ellos. Miraban en la playa lo que acababa de traer el mar. Eran seres con rayas, de colores inciertos, rosados, violáceos, manchados de bermellón, ocelados por el azul del mar y cuyas magulladuras exhalaban un fuego pálido. Se podría decir que eran extrañas palmas de manos, alrededor de las cuales se crispaban dedos entecos; manos errantes, muertas ha poco, vueltas a arrojar por el abismo que envolvía el misterio de sus cuerpos, hojas carnosas y animadas, hechas de carne marina; bestias astrales que vivían y se movían en el fondo de un cielo oscuro.

– ¡Estrellas de mar! ¡Estrellas de mar! –gritaban los niños.

– ¡Oh! –dijo Alain– ¡Estrellas!

El niño que sostenía la antorcha la inclinó hacia Alain.

– Escucha, le dijo, la historia de las estrellas. La noche en la que nació Nuestro Señor, el Señor de los niños, nació en el cielo una estrella nueva. Era enorme y azul. Le seguía allá donde iba y lo amaba. Cuando los malvados vinieron para matarlo, ella lloró sangre. Pero, cuando murió, al cabo de tres días, ella murió también. Y cayó en el mar y se ahogó. Y muchas otras estrellas en aquel tiempo se ahogaron de tristeza en el mar. Y el mar tuvo piedad de ellas y no les quitó sus colores. Y viene a devolvérnoslas lleno de dulzura todas las noches para que nosotros las guardemos en memoria de Nuestro Señor.

– ¡Oh! dijoAlain, ¿Y yo no podría volverlas a encender?

– Están muertas, respondió el niño de la antorcha, desde la muerte de Nuestro Señor.

Entonces Alain bajó la cabeza, se dio la vuelta y salió del pequeño círculo de luz. Pues lo que él buscaba, no era de ningún modo una estrella ahogada, una estrella muerta, apagada para siempre. Quería, como sólo Dios podía hacer, encender una estrella y hacerla vivir, disfrutar de su luz, admirarla y verla subir en el aire, lejos de las tinieblas del bosque, que esconde las estrellas, lejos de las profundidades del océano, que las ahoga. Los otros niños podían recoger estrellas muertas, guardarlas y quererlas. Esas no eran para Alain. ¿Dónde encontraría él la suya? No lo sabía; pero tenía la certeza de que la encontraría. Sería algo muy hermoso. La encendería y sería suya y hasta podría ser que le siguiera por todas partes, como la gran estrella azul que seguía a Nuestro Señor. Dios, que tenía tantas estrellas, tendría la bondad de dársela al pequeño Alain. Lo deseaba con todas sus fuerzas. Y ¡qué sorpresa la de su abuela, cuando regresara! Todo el horrible bosque se aclararía hasta lo más profundo. "¡No sólo es Dios el que alumbra sus estrellas! gritaría Alain. Yo tengo también mi estrella. Tan sólo Alain la alumbra aquí por dar luz en medio de los viejos árboles. ¡Mi estrella! ¡Mi estrella de fuego!"

La luz que brincaba de la antorcha erró de un lado a otro de la playa, se hizo rojiza bajo la llovizna; las sombras de los niños se fundieron en la noche. Alain se quedó solo. Una lluvia fina lo envolvió y lo atravesó, tejió entre él y el cielo su red de pequeñas gotas. El lamento de las olas lo acompañó; ya un murmullo, ya un ulular; en ocasiones una ola poderosa rompía con estrépito en el acantilado, se pulverizaba, estallaba por todas partes o se proyectaba entre la negrura del aire como un espectro de espuma. Luego la llanura se hizo igual y monótona como los suspiros regulares de un enfermo; vino una especie de dulce tumulto aéreo, balbuciente y confuso; más tarde Alain penetró en el silencio...

III

Y pasaron los días y las noches; las estrellas salieron y se pusieron; pero Alain no había encontrado la suya.

Llegó a una tierra inhóspita. La hierba fuera de sazón amarilleaba tristemente en los extensos prados; las hojas de las viñas enrojecían en las cepas delante del racimo acre y apretado. Por doquier, líneas regulares de chopos recorrían la llanura. Las colinas se elevaban con lentitud, recortadas contra los campos pálidos, en ocasiones con la mancha oscura de un bosquecillo de encinas. Otras, escarpadas, se veían coronadas por un círculo de árboles negros. Las largas mesetas se erizaban de masas amenazantes. El verde indolente de un grupo de pinos parecía allí un lugar feliz.

A través de esta árida comarca erraba un manantial claro y pedregoso. Rezumaba dulcemente de un montículo, dejaba seco la mitad de su lecho en los primeros ribazos y se resquebrajaba en brazos que iban a acariciar el pie de viejas casas de madera con el marco lleno de guirnaldas. Era tan transparente que los lomos de las percas, de los lucios y de los peces araña aparecían como una bandada inmóvil. Los guijarros rozaban con suavidad el hilo de agua y Alain veía a los gatos pescando de noche entre las dos orillas.

Y más lejos, allí donde el arroyo se convertía en río, había una pequeña ciudad asentada en las márgenes bajas, con casas pequeñas, puntiagudas, tocadas con tejas acanaladas en ojiva, con gran cantidad de minúsculas ventanas estrechas y con rejas, con garitas en los techos pintadas de azul y de amarillo y un viejo puente de madera, y un monasterio, semejante a una bruma bermeja desbarbada, donde San Jorge, dispuesto para la lucha, arrojaba su lanza a la garganta de un dragón de cerámica roja.

El río, largo, luminoso y verde, rodeaba la ciudad como un rompeolas, entre montañas nevadas a lo lejos y todas las pequeñas colinas de la pequeña ciudad por donde subían las calles con sus grandes letreros de colores: la calle del Yelmo, y la calle de la Corona, y la calle de los Cisnes, y la calle del Hombre-Salvaje, cerca del Mercado de Pescados y del León de Piedra que vomitaba su chorro de agua pura como un arco de cristal.

Había allí probos mesones donde las mozas de grandes mejillas vertían el vino claro en las jarras de estaño, donde colgaban en las paredes las vestiduras y las mucetas dejadas en empeño; el Ayuntamiento, donde se sentaban los burgueses con su capa de paño, con su camisa de lino crudo, el anillo de oro en el dedo corazón, haciendo buena justicia y pronto despacho de los malhechores, y alrededor de la casa del consejo, calles estrechas y apacibles con los tenduchos de los escribanos, bien abastecidos de pergaminos y de escribanías; mujeres tranquilas, con ojos de un azul acuoso, con cara gastada por la ternura, con un doble mentón, tocadas con una túnica trasparente, a veces la boca velada por una banda de tela fina; muchachas jóvenes con vestidos blancos, con los codos recortados y un cinturón cereza; muchachas que parecía que hilaban en sus ruecas sus largos cabellos; niños pelirrojos con labios pálidos.

Alain pasó por debajo de una bóveda rechoncha: era la entrada de la plaza del Viejo Mercado. La rodeaban casitas acurrucadas como viejas alrededor de un fuego de invierno, todas apelotonadas bajo su capirote de pizarras y abultadas con escamas a la manera de las gargantas de dragón. La iglesia parroquial, negra por los monstruos de barba de espuma, se inclinaba hacia una torre cuadrada que se iba afilando como la punta de un estilete. Cerca abría sus puertas la barbería, de vidrios grasientos, redondos como burbujas, con contraventanas verdes en las que se veían pintados en rojo las tijeras y la lanceta. En medio de la plaza estaba el pozo con el brocal gastado, cubierto por su cúpula de herrajes cruzados. Niños con los pies desnudos corrían a su alrededor; algunos jugaban a las tres en raya en las losas; un gordito lloraba en silencio, la boca sucia de melaza y dos chiquillas se tiraban de los pelos. Alain quiso hablarlos; pero ellos huían y le miraban a escondidas, sin responderle.

El sereno de la noche se dejó notar entre un aire nebuloso. Se veían brillar ya las candelas que se reflejaban en los vidrios espesos como círculos rojos. Se cerraban las puertas; se oía el entrechocar de las contraventanas y el rechinar

de los cerrojos. El plato de estaño de la hospedería tintine-
aba contra su garfio de hierro. Por el zaguán entreabierto
Alain vio la luz del hogar, aspiró el olor del asado, oyó
decantar el vino; pero no se atrevió a entrar. Una voz
gruñona de mujer gritó que era la hora de cerrarlo todo.
Alain se escabulló hacia una callejuela.

Todos los puestos estaban cerrados. No había ningún
lugar de abrigo contra el relente. El bosque ofrecía el hueco
de sus árboles hendidos; el río, las vueltas de sus márgenes;
la llanura, su surco entre los rastrojos; la mar, el recodo de
sus acantilados; hasta el campo duro no denegaba su zanja
bajo el haya; pero la malhumorada ciudad, con sus cejas
fruncidas, estrechamente cerrada y enclaustrada, no
ofrecía nada a los pequeños vagabundos.

La ciudad se convirtió en una negra espesura y hasta de
una forma extraña se erizó en los pasillos que la rodeaban,
en sus angostos callejones sin salida, donde cruzaba pilares,
hundía maderos oblicuos y cavaba arroyos que se entrela-
zaban. La ciudad adelantaba de pronto dos mojones con
cadenas, el rastrillo de una reja, los grandes garfios de la
muralla; una casa cortaba la calle con su torrecilla; otra la
aplastaba con su aguilón; una tercera llenaba la calle con su
vientre. Era como una ronda inmóvil de piedra y de madera, armada con chatarra. Todo formaba un conjunto negro,
inhospitalario y silencioso. Alain avanzó, volvió para atrás,
se perdió, giró en círculo y regresó otra vez a la plaza del

Viejo Mercado. Las candelas estaban apagadas y todas las ventanas estaban recogidas en sus caparazones. No vio más que una luz vacilante, en un tragaluz oval, cerca de la punta de la torre cuadrada.

Se entraba allí por la abertura de un basamento que no estaba cerrado y los peldaños de la escalera llegaban hasta el umbral. Alain se armó de valor y se puso a subir por una estrecha y rápida espiral. A la mitad del camino, crepitaba en el muro una mecha que ardía suavemente y que flotaba en un mechero de cobre.

Cuando llegó a lo alto, Alain se paró delante de una extraña puertecita incrustada de clavos de bronce y retuvo su respiración. Oía a intervalos una voz aguda y anciana que pronunciaba frases entrecortadas. Y de pronto su corazón empezó a latir y creyó que se ahogaba: pues la aguda y anciana voz hablaba de estrellas. Alain pegó su oreja al herraje esculpido en la gran cerradura y escuchó.

– Estrellas malvadas y funestas, decía la voz, con la noche, la hora y con el que pregunta. Escribe: Sirio, velado por la sangre; la Osa Mayor oscura; la Osa Menor, llena de bruma. La Estrella Polar, radiante y marcial. Puerta superior: en esta noche de martes, Marte rojo e incendiado en la octava casilla, casilla de Escorpión, signo de muerte y de muerte por fuego: batalla, carnicería, mortandad, llamas que devoran. En esta hora decimotercera, perjudicial por naturaleza, Marte está en conjunción con Saturno en la casilla del terror. Calamidad; muerte; el peor desenlace para cualquier empresa. El hierro se mezcla con el plomo y el fuego. Hierro forjado para destruir; plomo fundido. Marte se une a Saturno. El rojo penetra en el negro. Incendio en la noche. Alarma durante el sueño. Tintineo de hierro y masas de plomo que chocan. Aspecto contrario: pues Tauro entra en la Puerta Inferior y Escorpión en la Puerta Superior. Júpiter en la segunda casilla se opone a Marte en la octava. Ruina de toda riqueza y de toda gloria. El Corazón del Cielo permanece estéril y vacío. Así el ardiente Marte domina sin disputa sobre los edificios y la vida que Saturno posee. Incendio de la ciudad; muerte por las llamas. Terror y conflagración. A la hora decimotercera de esta noche de martes, Dios desvía los ojos de sus estrellas y entrega las almas al fuego.

Al momento allí donde la vieja voz iba diciendo esas palabras la puerta se abrió, golpeada por puñetazos y patadas: la pequeña figura de Alain pareció de pie en el umbral, erguida y furiosa, y el niño irritado gritó:

– ¡Mentís! Dios no abandona a sus estrellas. ¡Sólo Dios sabe alumbrar sus estrellas en la noche!

Un anciano vestido con una toga de marta elevó su mirada inclinada sobre un astrolabio construido en forma de esfera armilar y parpadeó con sus párpados enrojecidos como un pájaro antiguo de la noche azorado en su guarida. A sus pies, un niño pálido y delgado que escribía en un pergamino dejó caer la pluma de sus dedos. La llama de dos grandes cirios de cera se alargó y se desvió por la corriente de aire. El anciano alargó su brazo y su mano apareció en la bocamanga forrada como una osamenta vacía.

– ¡Niño bárbaro e incrédulo, dijo, qué negra ignorancia te posee! Escucha: este otro niño te instruirá por su boca. Háblale tú de la naturaleza de las estrellas.

Y el niño flaco recitó:

– Las estrellas están fijas en la bóveda de cristal y giran con tanta rapidez sobre su apoyo de diamante que se inflaman por su propio movimiento y torbellino. Dios no es nada más que el primer motor de las órbitas y la causa de la revolución de los siete cielos; pero, tras el movimiento inicial, el cielo de las constelaciones no obedece más que a sus propias leyes y gobierna a su antojo los sucesos de la tierra y los destinos de los hombres. Tal es la doctrina de Aristóteles y de la Santa Iglesia.

–¡Mientes! –gritó de nuevo Alain. Dios conoce a todas sus estrellas y las ama. Me las ha dejado ver pese a los grandes árboles del bosque que cubrían el cielo; y ha hecho que flotaran en mi honor a lo largo de la corriente del río; y alegres las ha puesto a bailar para mí por encima del campo; y he visto también las que se ahogaron cuando la muerte de Nuestro Señor; y muy pronto me enseñará la mía y...

– Niño, Dios te mostrará la tuya. ¡Así sea! –dijo el anciano.

Pero Alain no pudo saber si le hablaba en serio pues un soplo de viento llenó al instante la habitación y las dos llamas de los cirios se tumbaron como flores vueltas del revés, azulearon y murieron. Alain encontró de nuevo la escalera palpando el muro; y, como estaba lleno de audacia y también para castigar al anciano embustero, arrancó el mechero de cobre con su mecha ardiente y se lo llevó.

Toda la plaza estaba negra de noche y la torre cuadrada pareció esconderse y desaparecer tan pronto como Alain la hubo abandonado. Volvió a encontrar el paso de la bóveda a la luz de su lámpara y lo franqueó. Aquí los sombreros puntiagudos de los techos no recortaban el cielo. Las tinieblas se alargaban y la sombra superior parecía como barnizada de blancura. El firmamento nocturno estaba asido en una celosía de estrellas, recorrido por hilos de aire tenue con nudos centelleantes, cubierto por una redecilla de fuego claro. Alain elevó la cabeza hacia la gran red radiante. Las estrellas se reían siempre con su risa de escarcha. Con seguridad que ellas no tenían piedad de él. No lo conocían pues había permanecido cubierto durante mucho tiempo en la horrorosa espesura del bosque. Se reían de él, al estar tan altas y deslumbrar tanto, porque él era pequeño y no tenía nada más que una lámpara vacilante y llena de humo. Se reían también del viejo mentiroso que pretendía conocerlas y de sus dos cirios apagados. Alain las miró una vez más. ¿Se reían por burlarse o se reían de placer?

Bailaban también. Debían de ser felices ¿No sabían que el pequeño Alain la encendería a una de ellas como el mismo Dios? Con seguridad Dios se lo había dicho. ¿Cuál debía ser la suya? Había tantas. Una noche sin duda se daría a conocer, descendería a su lado y no tendría más que cogerla como una fruta. O, si no quería dejarse tocar, volaría ante él con sus alas de fuego. Y ella reiría con él y él reiría con la misma risa que ella y todo el viejo bosque se vería sembrado de lucecitas que no serían sino risas.

Ahora Alain estaba sobre el viejo puente que temblaba sobre sus pilares esculpidos. Se veía correr el agua entre las gruesas vigas de su entarimado y hacia el centro había una garita toda ella revestida de pizarras pintadas de amarillo y azul. El vigilante debería de permanecer en su nicho pero no estaba allí. Por fortuna para Alain pues es posible que no le hubiera dejado pasar con su lámpara. Alain no se atrevió a alumbrar el agujero negro de la garita y apretó el paso. Del otro lado del puente estaban las casas más humildes de la ciudad, las que no tenían escudos de colores, ni grifos monstruosos para agarrar los contrafuertes de las ventanas, ni bocas de dragón para vomitar el agua de la lluvia, ni serpientes que se enlazaban a los dinteles de las puertas, ni soles haciendo visajes y deslucidos en los aguilones. Ellas no tenían ni su camisa de tejas desnudas o de pizarras grises y tan sólo estaban construidas con maderos cortados a escuadra.

Alain llevaba en alto su lámpara para distinguir el camino. De repente, se paró y se puso a temblar. Había una estrella ante él, un poco por encima de su cabeza.

Estrella oscura, la verdad, pues era de madera. Tenía seis rayos cruzados sobre otros seis, de manera que era perfecta. Estaba clavada en el extremo de una tabla que cruzaba la calle. Alain la alumbró y la observó. Era ya vieja y estaba resquebrajada. Sin duda que había esperado mucho tiempo; Dios la había olvidado en un rincón de esta pequeña ciudad; o bien la había dejado allí sin decir nada, sabedor de que Alain la encontraría. Alain se acercó a la casa. Era una casa pobre que no tenía contraventanas y, por los vidrios bajos, vio muchos curiosos personajes de madera. Estaban alineados en una repisa, como si miraran por la ventana; sus ropas eran duras y rectas; sus labios se estrechaban en un trazo; sus ojos eran redondos y sin brillo y tenían las manos cruzadas. Había también un buey y un asno, con las patas rígidas y muy abiertas y una cruz donde parecía clavada una figura llorosa y un pesebre sobre el que estaba clavada una estrellita, muy parecida a la que estaba enganchada en la calle.

Y Alain vio que la había al fin encontrado. Esta estrella estaba hecha con la madera del bosque y esperaba que alguien la prendiera. Había esperado a Alain. Acercó su lámpara y la llama roja lamió la estrella que crepitó. Brotaron lagrimitas azules: luego un trazo de fuego, un chasquido y se puso a arder, convirtiéndose en una bola de fuego resplandeciente. Entonces Alain aplaudió gritando:

– ¡Mi estrella! ¡Mi estrella de fuego!

Algo se movió en la casa; las ventanas de arriba se abrieron y Alain vio cabecitas asustadas con largos cabellos, muchos niños en camisa que se habían despertado y venían a mirar.

Alain corrió hacia la puerta y entró en la casa. Gritaba:

– ¡Niños, venid a ver mi estrella! ¡Mi estrella de fuego! ¡Alain ha encendido su estrella en medio de la noche!

Mientras tanto la estrella ardiente creció muy deprisa, desparramó una cabellera de chispas; luego las maderas secas se inflamaron; el techo de paja enrojeció de golpe y todo el alero se convirtió en un telón de fuego. Se oyó un grito de espanto, llamadas vagas, luego llantos agudos. Y el incendio se hizo enorme. Hubo un derrumbe; enormes tizones se levantaron entre el humo; fue una enorme mezcolanza de rojo y de negro; al final una especie de remolino se elevó allí en donde se precipitó un montón de enormes brasas ardiendo.

Y el jadeo siniestro de una campana de alarma comenzó a resonar.

En ese mismo momento, el viejo de la torre cuadrada vio alzarse en el Corazón del Cielo, que es la Casa de la Gloria, una nueva estrella roja.

EL TREN 081

Desde el bosquecillo en donde escribo, el gran terror de mi vida me parece lejano. Soy un anciano jubilado que deja reposar sus piernas en el césped de su casita; con frecuencia me pregunto si soy yo –el mismo yo– el que hizo el duro servicio de maquinista en la línea de P.-L.-M., –y me sorprendo de no haber muerto en el acto la noche del 22 de septiembre de 1865.

Puedo decir que lo conocía, este trayecto de París a Marsella. Conduciría la máquina con los ojos cerrados por los descensos y las subidas, los cruces de vías, los empalmes y los cambios de agujas, las curvas y los puentes de hierro. De fogonero de tercera había llegado a maquinista de primera y el ascenso es muy importante. Si hubiera tenido más formación, sería subjefe de depósito. ¡Pero a qué precio! En las máquinas del tren uno se embrutece: se sufre por la noche y se duerme por el día. En nuestra época la movilización no estaba regulada, como ahora; los equipos de maquinistas no estaban formados: no teníamos más que turnos regulares. ¿Cómo íbamos a estudiar? Y sobre todo yo: se necesitaba tener la cabeza muy firme para resistir la conmoción que tuve.

Mi hermano se había enrolado en la armada. Estaba en las máquinas de transporte. Había ingresado en el cuerpo antes de 1860, en la campaña de China. Al acabar la guerra, no sé cómo se había quedado en el país amarillo, en una ciudad llamada Cantón. Los Ojos-Rasgados lo habían contratado para que les condujera las máquinas de vapor. En una carta suya que yo había recibido, me decía que se había casado y que tenía una niña pequeña. Le quería mucho a mi hermano y me causaba dolor el no volverle a ver más; y nuestros viejos tampoco estaban nada contentos. Estaban muy solos en su humilde choza, en pleno campo, cerca de Dijon. Al faltarles sus dos hijos, dormían tristemente en el invierno, dando cabezadas junto al fuego.

Hacia el mes de mayo de 1865, empezó una inquietud en Marsella por lo que ocurría en Oriente. Los paquebotes que llegaban traían malas noticias del Mar Rojo. Decían que había brotes de cólera en la Meca. Los peregrinos morían a millares. Luego la enfermedad había llegado hasta Suez y Alejandría y había saltado hasta Constantinopla. Se tenía noticia de que era el cólera asiático: los barcos se quedaban en cuarentena en el lazareto; todo el mundo tenía un vago temor.

Yo no tenía gran responsabilidad en todo esto, pero puedo decir que la idea de transportar la enfermedad me atormentaba mucho. Sin duda llegaría hasta Marsella y luego, en el rápido, llegaría hasta París. En aquellos tiempos, no teníamos botones de llamada para los viajeros. Ahora sé que se han instalado mecanismos muy ingeniosos. Hay un mecanismo que acciona el freno automático y, al mismo tiempo, una placa blanca se lleva a través del vagón como una mano, para indicar dónde está el peligro. Pero entonces no existía nada de esto. Y yo sabía que, si un viajero estaba contagiado por esa peste asiática que te ahoga en media hora, moriría sin ayuda y que yo llevaría hasta París, a la estación de Lyon, su cadáver azul.

Comienza el mes de junio y el cólera está en Marsella. Decían que la gente moría como moscas. Se caían en la calle, en el puerto, en cualquier lugar. La enfermedad era terrible: dos o tres convulsiones, un hipo acompañado de sangre y todo había acabado. Desde el primer ataque, el enfermo se quedaba frío como un trozo de hielo; las caras de los muertos estaban amoratadas por unas manchas tan grandes como monedas de cien sueldos. Los viajeros salían de la sala de fumigaciones con una bruma de vapor hediondo alrededor de sus vestidos. Los agentes de la Compañía estaban alerta y a nuestro triste oficio se le añadía una preocupación más.

Julio, agosto, la mitad de septiembre se pasó; la ciudad estaba desolada pero recuperábamos la esperanza. Hasta ahora, nada en París. El 22 de septiembre, por la noche, cojo la locomotora del tren 180 con mi fogonero Graslepoix.

Los viajeros duermen de noche en sus vagones pero nuestra función es vigilar, con los ojos bien abiertos, a lo largo de la vía. Durante el día, para el sol, tenemos gruesas gafas de rejilla encajadas en nuestras gorras. Las llaman gafas mistralianas. Las lentes de cristal azul nos protegen del polvo. Por la noche, nos las ponemos sobre la frente y con nuestros pañuelos, las orejeras de nuestras gorras bajadas y nuestros gruesos chaquetones parecemos diablos montados sobre monstruos de ojos rojos. La luz del horno nos ilumina y nos calienta el vientre; el cierzo nos corta las mejillas, la lluvia nos azota la cara. Y el traqueteo nos sacude las tripas hasta hacernos perder el aliento. Así, bien cubiertos, fijamos los ojos en la oscuridad buscando las señales rojas. Con toda seguridad que podéis encontrar muchos viejos de este oficio a los que el Rojo les ha vuelto locos. Todavía ahora, ese color me estremece y me oprime con una angustia inexplicable. A menudo, por la noche, me despierto sobresaltado con un deslumbramiento rojo en los ojos: lleno de terror, pongo mi vista en la oscuridad –me parece que todo se desmorona a mi alrededor– y de golpe la sangre se me acumula en la cabeza; luego pienso que estoy en mi cama y me escondo entre mis sábanas.

Aquella noche estábamos agotados por un calor húmedo. Lloviznaba con gotas tibias; el compañero Graslepoix metía en el horno su carbón con paladas regulares; la locomotora bailaba y se bamboleaba en las curvas pronunciadas. Íbamos a 65 por hora, buena velocidad. La noche estaba negra como un horno. Una vez pasada la estación de Nuits y en dirección a Dijon, era la una de la madrugada. Yo iba pensando en nuestros dos viejos que debían estar durmiendo tranquilamente cuando, de pronto, oigo pitar una máquina en la doble vía. No esperábamos entre Nuits y Dijon, a esta hora, ni un tren que subiera ni un tren que bajara.

– ¿Qué es eso, Graslepoix? –le digo al fogonero. No podemos cambiar el vapor.

– No hay problema –dijo Graslepoix. Estamos en doble vía. Se puede bajar la presión.

Si hubiéramos tenido, como ahora, un freno de aire comprimido..., cuando de pronto, con un súbito impulso, el tren de la doble vía dio alcance al nuestro y siguió su marcha en paralelo a nosotros. Los pelos se me ponen de punta cuando pienso en ello.

Estaba todo envuelto por una niebla rojiza. Los metales de la locomotora brillaban. El vapor salía en silencio a la máxima presión. Dos hombres negros entre la bruma se agitaban en la plataforma. Estaban frente a nosotros y respondían a nuestros gestos. Teníamos en una pizarra el número del tren, marcado con tiza: 180. Frente a nosotros, en el mismo lugar, se podía ver una gran pizarra blanca con los números en negro: 081. La fila de vagones se perdía en la noche y los vidrios de las cuatro puertas estaban oscuros. ¡Vaya una historia! –dijo Graslepoix. Jamás lo hubiera creído... Espera, vas a ver.

Se agachó, cogió una palada de carbón y la arrojó al fuego. Ante nosotros, uno de los hombres negros se agachó también y metió su pala en el horno. En la bruma roja pude ver cómo se destacaba la sombra de Graslepoix.

Entonces una luz extraña se encendió en mi cabeza y mis ideas desaparecieron para dejar lugar a una extraordinaria visión. Levanté mi brazo derecho y el otro hombre negro levantó el suyo; le hice una señal con la cabeza y me respondió. Luego, rápidamente, vi que se dirigía al escalón y supe que yo estaba haciendo lo mismo. Recorrimos el tren en marcha y ante nosotros la puerta del vagón A.A.F. 2551 se abrió sola. El espectáculo que había ante mí me impresionó, pese a que *sentía* que esa misma escena se estaba produciendo en *mi* tren. En aquel vagón había un hombre tumbado, la cara recubierta por una tela blanca; una mujer y una niña, envueltas en telas de seda bordadas con flores amarillas y rojas, yacían inmóviles en los almohadones. Me vi cómo me dirigía a aquel hombre y le destapaba. Tenía el pecho desnudo. Unas placas azuladas manchaban su piel; sus dedos, crispados, estaban arrugados y sus uñas lívidas; sus ojos estaban rodeados por círculos azules. Todo aquello lo vi con un solo vistazo y reconocí también que tenía ante mí a *mi hermano que había muerto de cólera.*

Cuando recobré el conocimiento, estaba en la estación de Dijon. Graslepoix me ponía un paño en la frente –y muchas veces que me dicho lleno de seguridad que en ningún momento abandoné la máquina– pero yo sé que no es así. Entonces grité: "Corred al A.A.F. 2551" y me dirigí hacia aquel vagón, y vi a mi hermano muerto como lo había visto antes. Los empleados huyeron llenos de terror. En la estación no se oían otras palabras que "¡el cólera azul!"

Entonces Graslepoix se llevó consigo a la mujer y a la niña que no estaban más que desmayadas por el miedo y, como nadie se quería hacer cargo de ellas, las acostó en la locomotora, en el suave polvo del carbón, con sus ropas de seda bordada.

Al día siguiente, 23 de septiembre, el cólera se extendió por París, tras la llegada del rápido de Marsella.

La mujer de mi hermano es china. Tiene los ojos rasgados en forma de almendra y su piel es amarilla. Me ha costado quererla: es tan extraña una persona de otra raza. Pero la pequeña se parecía tanto a mi hermano... Ahora que soy viejo y que los traqueteos de las máquinas me han hecho enfermar, viven conmigo y vivimos en paz, salvo cuando nos acordamos de aquella terrible noche del 22 de septiembre de 1865, en la que el cólera azul vino de Marsella a París en el tren 081.

LOS SIN ROSTRO

A los dos los recogieron, el uno al lado del otro, sobre la hierba quemada. Sus ropas habían volado convertidas en jirones. La conflagración de la pólvora había borrado el color de los números; las placas metálicas estaban destrozadas. Se podría decir que eran dos trozos de masa humana. Pues el mismo filo del fragmento de chapa de acero, silbando en línea oblicua, les había llevado la cara, de modo que yacían encima de las matas de hierba como un trozo doble de roja cabeza. El auxiliar mayor que los apiló en el coche los cogió nada más que por curiosidad: el golpe, en efecto, era muy singular. No les quedaba ni nariz, ni pómulos, ni labios; los ojos se les habían salido fuera de las órbitas destrozadas, la boca se abría en forma de embudo, agujero lleno de sangre con la lengua cortada que vibraba con un estremecimiento. No se podía imaginar tan extraña visión: dos seres de la misma estatura, y sin cara. Los cráneos, cubiertos de cabellos cortados al cero, llevaban dos placas rojas, talladas a la vez y de forma parecida, con huecos en las órbitas y tres agujeros para la boca y la nariz.

Recibieron en la ambulancia los nombres de Sin Rostro n° 1 y Sin Rostro n°2. Un cirujano inglés, que servía como voluntario, se sorprendió del caso y tomó por él un gran interés. Curó las heridas y las vendó, les cogió unos puntos de sutura, les sacó las esquirlas, dio forma a aquel amasijo de carne y formó así dos coronillas de carne viva, cóncavas y rojas, las dos perforadas en el fondo, como las cazoletas de las pipas exóticas.

Colocados en dos camas vecinas, los dos Sin Rostro, manchaban las sábanas con una doble cicatriz redondeada, gigantesca y carente de significado. La eterna inmovilidad de aquella herida tenía un dolor mudo: los músculos cortados no reaccionaban ni con las costuras; el terrible golpe les había anulado el sentido del oído, hasta el punto de que la vida no se manifestaba en ellos más que por los movimientos de sus miembros y por un doble grito ronco que surgía a intervalos entre sus paladares abiertos y los temblorosos muñones de sus lenguas.

Mientras tanto fueron mejorando. Lentamente, sin dudar, aprendieron a dirigir sus gestos, a desenvolver sus brazos, a replegar sus piernas para sentarse, a mover las encías endurecidas que revestían aún sus mandíbulas cimentadas; encontraron algo que les produjo placer y que se llegó a saber por una serie de sonidos agudos y modulados pero sin poder silábico: fue el poder fumar unas pipas cuyas boquillas estaban taponadas por piezas ovaladas de caucho. Acurrucados en las mantas, aspiraban el tabaco y unos chorros de humo salían por los orificios de sus cabezas; por el doble agujero de su nariz, por los pozos iguales de sus órbitas, por las comisuras de las mandíbulas, entre los esqueletos de sus dientes. Y cada escape de humo gris que salía entre las resquebrajaduras de aquellas masas rojas recibía el saludo de una risa sobrehumana, a guisa de un gorjeo de la campanilla que vibraba mientras el resto de la lengua chapoteaba con debilidad.

Se produjo una gran conmoción en el hospital cuando una mujer de pelo largo fue conducida por el interno de servicio hasta la cabecera de los Sin Rostro y los miró, primero a uno y luego al otro, con gesto de terror para después deshacerse en lágrimas. En el despacho del director médico explicó entre sollozos que uno de ellos debía de ser su marido. Se le había incluido entre los desaparecidos; pero aquel par de heridos, que no tenían ninguna seña de identidad, pertenecían a una categoría especial. Y la estatura así como la anchura de sus hombros y la forma de sus manos le recordaban de manera invencible al hombre perdido. Pero se encontraba en medio de una espantosa perplejidad: de los dos Sin Rostro ¿cuál era su marido?

Esta mujercita era encantadora: su bata sencilla le moldeaba el pecho y tenía, debido a su pelo recogido como una china, una dulce figura de niña. El dolor inocente y la incertidumbre casi de risa se mezclaban en su expresión y contraían sus rasgos como los de una niña que acaba de romper un juguete. De manera que el director jefe no pudo evitar una sonrisa y, como era un poco grosero, le dijo a la mujercita que lo miraba de soslayo: "¡Bueno, qué me importa! ¡Llévate a tus Sin Rostro; los reconocerás al probarlos!

Ella, al principio, se escandalizó y volvió la cabeza, con el rubor de una niña vergonzosa; luego bajó los ojos y miró a ambas camas. Las dos masas rojas cosidas reposaban en las almohadas con la misma ausencia de significado que las convertía en un doble enigma. Se inclinó hacia ellos; habló a la oreja de uno, después a la del otro. Las cabezas no tuvieron reacción alguna pero las cuatro manos sintieron una especie de vibración, sin duda porque aquellos dos pobres cuerpos sin alma sentían de forma vaga que había a su lado una mujercita muy hermosa, que olía muy bien y que tenía los absurdos y exquisitos modales de un bebé.

Ella dudó aún durante un tiempo y terminó por pedir que se tuviera a bien confiarle a los Sin Rostro durante un mes. Los llevaron en un coche grande y forrado de borra, siempre uno junto al otro; la mujercita, sentada enfrente, lloraba sin cesar ardientes lágrimas.

Y cuando llegaron a la casa, una extraña vida comenzó para ellos tres. Ella iba continuamente de uno a otro, espiando una indicación, esperando una señal. Espiaba aquellas superficies rojas que no se moverían jamás. Miraba con ansiedad las enormes cicatrices cuyas costuras poco a poco fue distinguiendo como se conocen los rasgos de las caras que se aman. Examinaba a ambos como se revisan las pruebas de una fotografía sin tomar una decisión.

Y poco a poco la terrible pena que, al principio, la oprimía el corazón cuando pensaba en su marido perdido, acabó por fundirse en una calma irresoluta. Vivió como una persona que ha renunciado a todo pero que vive por costumbre. Las dos mitades destrozadas, que representaban al ser querido, jamás se hicieron una en su afecto pero sus pensamientos iban con toda regularidad de uno a otro, como si su alma hubiera oscilado a la manera de una balanza. Los miraba a los dos como sus "maniquíes rojos" y se convirtieron en muñecas grotescas que llenaron su existencia. Fumando sus pipas, sentados en sus camas, en la misma actitud, exhalando los mismos torbellinos de vapor y lanzando a un tiempo los mismos gritos inarticulados, se parecían más a títeres gigantescos traídos de Oriente, a máscaras sangrientas venidas de ultramar que a seres animados con una vida consciente y que habían sido hombres.

Eran "sus dos monitos", sus hombrecillos rojos, sus pequeños marineros, sus hombres quemados, sus cuerpos sin alma, sus polichinelas de carne, sus cabezas agujereadas, sus cabezotas sin cerebro, sus caras de sangre. Los arreglaba por turno, les hacía la cama, les bordaba las sábanas, les mezclaba el vino, les partía el pan; los hacía andar por el centro de la habitación, uno a cada lado, y les hacía saltar sobre el entarimado; jugaba con ellos y, si se enfadaban, les quitaba el guiso de la mano. Con una caricia, ellos estaban a su lado como dos perros falderos; con un gesto duro, se agazapaban como hacen los animales arrepentidos. Se frotaban contra ella y le pedían golosinas; ambos poseían escudillas de madera en las que sumergían, cada cierto tiempo, entre gritos de felicidad, sus máscaras rojas.

Esas dos cabezas no irritaban ya a la mujercita como antes, ni la intrigaban como si fueran dos máscaras rojas colocadas sobre caras conocidas. Ella los amaba por igual con sus muecas infantiles. Decía de ellos: "Mis muñecos están acostados, mis hombres están de paseo". No comprendió por qué vinieron del hospital a preguntar con cuál de los dos se quedaba. Aquella fue para ella una pregunta absurda: era como si le hubieran exigido que cortara a su marido en dos trozos. Los castigaba con frecuencia como hacen las niñas con sus muñecas malas. Le decía a uno: "Ves, pequeñín, tu hermano ha sido malo, malo como un mico y le he puesto de cara a la pared; no le levantaré el castigo hasta que no me pida perdón". Después, con una sonrisa, le daba la vuelta al pobre cuerpo, dulcemente sumiso a la penitencia y le besaba las manos. Les basaba también con frecuencia sus horribles costuras y se limpiaba la boca al momento, apretando los labios a escondidas. Y se reía a carcajadas.

Pero sin darse cuenta se acostumbró a uno de ellos porque era más dulce. En verdad fue algo inconsciente pues ella había perdido toda esperanza de poderlos reconocer. Lo prefirió como a un animal favorito al que nos proporciona más placer acariciar. Lo mimó más y le besó con más ternura. El otro Sin Cara se fue poniendo triste, poco a poco, sintiendo que a su alrededor había menos presencia femenina. Se recogió en sí mismo, con frecuencia acurrucado en su cama, con la cabeza escondida entre los brazos como un pájaro enfermo. Se negó a fumar mientras que el otro, ignorante de su dolor, aspiraba el humo gris que exhalaba acompañado de gritos agudos que salían de todas las ranuras de su máscara púrpura.

Entonces la mujercita se ocupó de su marido triste, pero sin saber muy bien por qué. El movía la cabeza en su regazo mientras sollozaba con su pecho; una especie de gruñido ronco le recorría el torso. Fue una lucha de celos en un corazón oscurecido por la sombra; unos celos propios de un animal que habían nacido de sensaciones con recuerdos confusos, con toda seguridad de una vida anterior. Ella le cantó nanas como a un niño y le calmó con sus manos frescas posadas en su cabeza ardiente. Cuando lo vio muy enfermo, gruesas lágrimas cayeron de sus ojos risueños en el pobre rostro callado.

Pero pronto se sintió inmersa en una punzante angustia pues ella tuvo la vaga sensación de gestos ya vistos en una antigua enfermedad. Creyó reconocer movimientos que en otro tiempo le eran familiares; y la posición de las manos demacradas le recordaban confusamente a unas manos semejantes, antaño muy queridas, y que habían rozado sus sábanas antes del gran abismo excavado en su vida.

Y los lamentos del pobre hombre le atravesaron el corazón; entonces, en medio de una incertidumbre jadeante, se fijó de nuevo en aquellas dos cabezas sin rostros. Dejaron de ser dos muñecas púrpuras, aunque uno le fuera extraño y el otro quizás la mitad de sí misma. Cuando el enfermo murió, toda su pena se despertó. Creyó realmente que había perdido a su marido; corrió, llena de odio, hacia el otro Sin Rostro y se paró, tomada otra vez por su piedad infantil, ante el miserable maniquí rojo que fumaba feliz mientras que modulaba sus gritos.

EL HOMBRE GORDO

Parábola

Sentado en un sillón de cuero flexible, el hombre gordo examinaba su habitación con gozo. Estaba gordo de verdad: tenía en el pescuezo una enorme papada, el pecho como el de una armadura, el vientre desmesurado; sus brazos parecía que estaban unidos a las articulaciones como salchichas y sus manos se posaban sobre sus rodillas como gruesas codornices desplumadas, redondas y blancas. Sus pies eran milagros de pesadez, sus piernas fustes de columna y sus muslos capiteles de carne. Tenía la piel brillante y llena de granos como la corteza del tocino; sus ojos se ahuecaban por la grasa y su barbilla cuádruple apuntalaba con solidez su cara rebosante.

Y todo, a su alrededor, era sólido, redondo y gordo; la mesa de roble macizo, de largas patas, fuertemente asentada, pulida por los bordes; los viejos sillones con su respaldo oval, su asiento abultado y sus grandes clavos esféricos; los taburetes, echados por tierra como gordos sapos y las alfombras pesadas, de larga lana enmarañada. El reloj de péndulo se aplastaba contra la chimenea; los orificios para la llave se abrían como ojos en su esfera convexa; el cristal que lo ajustaba se hinchaba como la ventanilla del casco de una escafandra; los candelabros parecían ramas de un árbol de cobre nudoso y las velas lloraban lagrimones de sebo. La cama se hinchaba como un vientre relleno; los troncos que ardían en el fuego hacían crepitar su corteza, rollizos y chisporroteantes; las garrafas del aparador eran rechonchas y los vasos tenían jorobas; las botellas, un nudo poderoso en el tapón, medio llenas de vino, estaban embutidas en sus aros de fieltro como rojas bombas de vidrio. Y por encima de todo esto, había allí en aquella gruesa habitación tripuda, feliz y cálida un gordo que se reía sin parar y que abría una boca con unos gruesos labios llenos de salud mientras fumaba y bebía.

La puerta ojival, cerrada con buen pomo que llenaba por completo la mano, daba a la cocina donde este hombre se pasaba gran parte de su vida. Desde por la mañana, vagabundeaba entre las cacerolas, mojando pan en las salsas, limpiando las graseras con un trozo de miga, aspirando en los cuencos llenos de caldo; e introducía en las marmitas una cuchara de madera para probar y comparar sus guisos, mientras que el fuego zumbaba bajo la plancha. Luego, cuando abría la puerta del horno, dejaba que entrara la luz roja que se extendía sobre su piel. De esta manera, cuando llegaba el crepúsculo, tenía el aspecto de una enorme lámpara en la que su cara hacía las veces de cristal, iluminada por la sangre y las brasas.

Y en la cocina, el gordo tenía una sobrina regordeta, blanca y rosada, que preparaba las verduras arremangada, una sobrina sonriente, llena de hoyuelos, cuyos ojillos eran saltones a fuerza de buen humor, una sobrina que le daba golpes en los dedos cuando los metía en el plato, que le echaba hojuelas calientes a la cara cuando intentaba él darle la vuelta a la sartén, y que le preparaba mil cosidas bien endulzadas, doradas, guisadas en su punto, con picatostes que eran su regocijo.

Debajo de la enorme mesa de madera blanca dormía un gato, la panza llena, cuya cola era tan gorda como la de un cordero asiático, y el caniche, apoyado en los ladrillos del horno, entrecerraba sus ojos al calor, dejando caer los gruesos pliegues de su piel rapada.

En su habitación, el gordo miraba con voluptuosidad un vasito de cristal en el que se acababa de echar dulcemente un vino de Constanza de 1811; en ese momento la puerta de la calle se giró sin hacer ruido. Y el hombre gordo se quedó tan sorprendido que abrió la boca y se quedó inmóvil, el labio interior caído. Estaba ante él un hombre delgado, negro, alto, cuya nariz era fina y su boca hundida; los pómulos eran prominentes, su cabeza huesuda y, cada vez que hacía un gesto, parecía que se salían esquirlas de sus mangas o de sus pantalones. Sus ojos estaban hundidos y eran sombríos, sus dedos semejaban hilos de hierro y su aspecto era tan grave que mirarlo producía tristeza. Llevaba en la mano un estuche de galas y de vez en cuando se colocaba, mientras hablaba, unos quevedos azules. Sólo su voz, de toda su persona, era dulce y atrayente, y se expresaba con tanta dulzura que las lágrimas acudieron a los ojos del gordo.

– ¡Eh, Marie! –gritó– tenemos a este señor para cenar. Venga, rápido, pon la mesa; ahí tienes la llave de las mantelerías; busca un mantel, coge servilletas; súbete el vino –aquel de la derecha en las botellas del fondo– ¿Os gusta el borgoña, señor? ¡Eh, Marie! Trae un Nuits[1] y vigila la pularda; la del otro día estaba un poquito pasada de cocción. Señor, un dedo de Constanza.[2] Tendrá usted ham-

1. El Nuits es un vino francés que proviene del cantón de Nuits Saint Georges, a medio camino entre Dijon y Beaune. Los vinos de esta región tienen gran renombre en Francia. Para hacernos una idea de lo sibarita que era el "hombre gordo" decir que en la actualidad una caja de doce botellas supera los 500 euros en el mercado.

2. Visto el sibaritismo del "gordo" no nos extraña que ahora le ofrezca a su invitado un vino de Constanza que es un vino de postre surafricano cuya fama alcanzó sus más altas cotas en el siglo XVIII. Procede de la uva moscatel que fue llevada a Sudáfrica por Simon van der Steel. Es un vino famoso en Francia en donde se cuenta que Napoleón era muy aficionado a él. Puestos a ser sibaritas y minuciosos, podría suceder también que el vino del "hombre gordo" fuera un vino de la región del lago de Constanza, ese lago que en alemán es Bodensee, al que comparten Alemania, Austria y Suiza y en cuyas orillas se cultivan las uvas que producen tan afamado vino.

bre, nosotros cenamos muy tarde. Marie, date prisa, este señor se muere de hambre. ¿Has metido el asado? Hay que cortar pan para la sopa. No te olvides de los vasitos. Y el tomillo ¿te has acordado de él? Estaba seguro. Echa una ramita enseguida. Es posible que a este señor le guste el pescado. En este momento no lo tenemos. Perdóneme, señor. Date prisa, Marie, decanta este vino, empuja las sillas, pon delante la sopera, pasa la mantequilla, espúmale la grasa a esta salsa, trae el pan. Está deliciosa esta sopa ¿no le parece? ¿Toma usted azúcar con las gambas? Es excelente.

– ¿Sabe usted lo que es el azúcar? –dijo el hombre delgado con voz apacible.

– Sí –respondió el gordo, sorprendido, y dejando caer de nuevo su labio inferior, se quedó parado con la cuchara en la boca. Es decir, no; lo tomo con algunos platos; el azúcar me da lo mismo. No tiene nada de malo el azúcar. ¿Qué tiene que decir usted del azúcar?

– Dios mío, nada –dijo el hombre delgado–, o casi nada. Usted sabe muy bien que absorbe sacarosa o azúcar de caña; y usted saca de las féculas y de los hidratos de carbono otros azúcares que usted transforma en azúcar animal, azúcar modificado o glucosa.

– ¿Y qué quiere usted que haga? –dijo el gordo echándose a reír. Sacarosa o glucosa, el azúcar es bueno. Me gustan los platos azucarados.

– Está bien –dijo el hombre delgado–, pero si usted fabrica un exceso de glucosa se convertirá en diabético, querido amigo. La buena vida produce diabetes. No me sería raro que tuviera usted ya algunos indicios. Tenga mucho cuidado cuando afile ese cuchillo.

– ¿Y por qué? –dijo el hombre gordo.

– ¡Dios mío! –le respondió el hombre delgado–, por esta sencilla razón: es muy probable que sea usted diabético y que, si se corta o se pincha, se expondría usted a un gran peligro.

– ¡Un gran peligro! –dijo el hombre gordo. ¡Bah! ¡Qué tonterías! Bebamos y comamos. Y ¿qué peligro sería ése?

–¡Oh! –respondió el hombre delgado–, la mayor parte de las veces todas las reservas nutritivas se eliminan con el exceso de glucosa; luego, el tejido no se puede regenerar, la herida no se cicatriza y aparece la gangrena que provoca la descomposición de la mano (el hombre gordo dejó caer su tenedor), después la del brazo (el hombre gordo se quedó sin comer) y a continuación la de todo lo demás (se pudo ver en la cara del hombre gordo la expresión de un sentimiento que no había aparecido nunca: el sentimiento de horror). ¡Ay! –siguió diciendo el hombre delgado–, ¡hay tantos males en la vida!

El hombre gordo reflexionó un momento, la cabeza baja. Luego dijo lleno de tristeza:

– ¿Es usted médico, señor?

– Sí, para servirle a usted; doctor en medicina, sí. Vivo en la plaza de Saint Sulpice y había venido...

– Señor –le interrumpió el hombre gordo en un tono suplicante–, ¿podría usted evitar que me convirtiera en diabético?

– Podemos intentarlo, querido señor –dijo el hombre delgado–, siempre contando con la ayuda de Dios.

La cara del hombre gordo volvió a tomar vida y su boca se relajó:

– Deme usted la mano –le dijo– y seamos amigos. Se quedará usted en mi casa, haremos lo que sea necesario y no tendrá queja de nada.

– Está bien –dijo el hombre delgado–, le pondré en orden su vida.

– De acuerdo –añadió el hombre gordo. Venga, vamos a comernos una pularda.

– Permítame –exclamó el hombre delgado. ¡Pularda! No le va nada bien. Mande que os preparen un huevo con té y una rebanada de pan tostado.

La desolación cubrió el rostro del hombre gordo.

– Señor ¿y quién se comerá la pularda? –preguntó entre llantos la pobre Marie.

Entonces el hombre gordo le dijo al hombre delgado con un sollozo en la voz:

– Doctor, coma, se lo ruego.

Desde ese momento, fue el hombre delgado el que reinó. Se produjo un adelgazamiento progresivo de las cosas; los muebles se hicieron más largos y se llenaron de ángulos; los taburetes rechinaron bajo sus patas; el parqué encerado notó la vieja cera; las cortinas se volvieron lacias y se llenaron de moho; los troncos daban el aspecto de estar tiritando; las sartenes de la cocina se oxidaron; las cacerolas colgadas se llenaron de verdín. Ya no cantó más el horno ni tampoco el alegre puchero; se oía a veces caer algún carbón apagado sobre un lecho de vieja ceniza. El gato acabó delgado y sarnoso; maullaba de desolación. El perro, que se hizo arisco, rompió un día las baldosas con su espinazo de puro hueso y salió huyendo con un trozo de bacalao.

El hombre gordo fue a la zaga de la decadencia de su casa. Poco a poco su grasa se le fue amasando bajo abscesos amarillos, debajo de la piel; su gaznate daba pena verlo y tenía el cuello arrugado como el de un pavo; su cara la tenía llena de amigas entrelazadas y la piel de su vientre flotaba como un amplio chaleco. Su esqueleto, que había crecido de manera proporcional, se balanceaba sobre dos bastones delgados que fueron sus muslos y sus piernas. Jirones de piel le colgaban a lo largo de las pantorrillas. Y estaba perseguido por el terror a la diabetes y a la muerte. El hombre delgado le hacía ver el peligro, cada día de una forma más cruel, y le recordaba que tenía que pensar en su alma.

Pero lloraba por su alegría pasada, por su sobrina Marie que tenía ahora una cara de cera y unos huesecillos menudos. Un día en el que ponía en presencia del fuego las miserables cañas temblorosas que habían sido sus dedos, hundido en una silla de madera dura, con un librito encuadernado en cuero sobre sus puntiagudas rodillas, Marie le pasó la mano por el brazo y le murmuró al oído:

– ¡Tío, mira cómo engorda tu amigo!

En medio de aquella desolación, el hombre delgado se iba rellenando de manera gradual. Su piel se hinchaba y se volvía sonrosada. Los dedos empezaban a tomar forma. Y su aspecto de dulce satisfacción iba en aumento progresivo.

Entonces el hombre que había sido gordo levantó lleno de piedad la capa de piel que le colgaba de las rodillas y la dejó que cayera de nuevo.

Sólo me quedan unos pocos instantes de vida: lo noto y lo sé. He querido una muerte dulce; mis propios gritos me habrían ahogado en la agonía de otro suplicio; pues más que a la sombra que ya crece temo al sonido de mi voz; el agua perfumada en la que estoy sumergido, nebulosa como un bloque de ópalo, se tiñe progresivamente de venas rojas por mi sangre que se derrama: cuando la aurora líquida esté ya roja, descenderé hacia la noche. No he cortado la arteria de mi mano derecha que es la que dibuja estas líneas sobre mis tablillas de marfil: tres fuentes manando bastan para vaciar el pozo de mi corazón; no tiene tanta profundidad como para que con prontitud no esté agotado y ya he llorado toda la sangre en mis lágrimas.

Pero no puedo sollozar porque un terror cargado de espanto me oprime la garganta al oír mis sollozos; ¡que Dios me retire la consciencia antes de que llegue el sonido de mi estertor! Mis dedos se debilitan; es el momento de escribir. He leído durante mucho tiempo el *Fedón* –me cuesta trabajo pensar y me apresto a hacer mi muda confesión: el aire de la tierra no volverá a escuchar mi voz.

Una tierna amistad me unía a Béatrice desde hacía mucho tiempo. De pequeña venía a casa de mi padre, ya grave, con unos ojos profundos que tenían unas extrañas motas amarillas. Su cara era un poco angulosa, los rasgos muy acusados y su piel de un blanco mate como el mármol al que un escultor jamás se hubiera atrevido a tocar pero en el que el estatuario mismo dejó la impronta de la poderosa escultura de su cincel. Las líneas corrían por las aristas vivas, nunca suavizadas por ningún instrumento alguno. Y, cuando una emoción ruborizaba su rostro, se diría que era una figura de alabastro desde cuyo interior la iluminaba una lámpara rosa.

Era encantadora, sin duda, pero de una suavidad dura pues la marca de su gesto era tan nítida que quedaba fijada en los ojos; cuando retorcía sus cabellos sobre la frente, la simetría perfecta de sus movimientos parecía la actitud votiva de una diosa inmóvil que nada tenía que ver con la rápida huida de los brazos de las muchachas que semeja un batir de alas apenas levantadas. Para mí, que el estudio de lo griego se sumergía en la contemplación antigua, Béatrice era un mármol anterior al arte humano de Fidias, una figura esculpida por los viejos maestros de Egina, aquellos que seguían las reglas inmutables de la armonía superior.

Juntos habíamos leído durante mucho tiempo a los inmortales poetas de los griegos pero, sobre todo, habíamos estudiado a los filósofos de los primeros tiempos y llorábamos con los poemas de Jenófanes y de Empédocles que ningún ojo humano jamás volverá a ver. Nos encantaba Platón por la gracia infinita de su elocuencia, aunque hubiéramos rechazado la idea que él tenía del alma, hasta el día en que dos versos que aquel divino sabio había escrito en su juventud me revelaron su verdadero pensamiento y me sumergieron en la desgracia.

Este es el terrible dístico que un día hirió mis ojos en el libro de un gramático decadente:

Mientras besaba a Agatón, mi alma se me vino a los labios:
Quería, la muy desgraciada, pasarse a él.

Tan pronto como capté el sentido de las palabras del divino Platón, una luz resplandeciente brotó dentro de mí. El alma no era ya diferente de la vida: era el soplo animado que habita el cuerpo; y, en el amor, son las almas las que se buscan cuando los amantes se besan en la boca: el alma de la amante quiere habitar en el hermoso cuerpo del hombre que ama y el alma del amante desea con ardor fundirse en los miembros de su amada. Y los pobres desgraciados jamás lo consiguen. Sus almas suben a sus labios, se encuentran, se mezclan pero no pueden emigrar. Pues ¿habría un placer más celestial que el que los amantes se intercambiaran, que se prestaran sus vestidos de carne tan cálidamente acariciados, tan voluptuosamente amados? ¡Qué abnegación más sorprendente, qué abandono supremo dar el cuerpo al alma del otro, al soplo del otro! Es más que un desdoblamiento, más que una posesión efímera, más que la mezcla inútil y decepcionante del aliento; es el don superior de la amada a su amante, el intercambio perfecto tan vanamente soñado, el término infinito de tantos abrazos y mordiscos.

Yo amaba a Béatrice y ella me amaba a mí. Nos lo habíamos dicho muchas veces mientras que leíamos las melancólicas páginas del poeta Longo en el que las estrofas de prosa caen con una cadencia monótona. Pero ignorábamos el amor de nuestras almas como Dafnis y Cloe ignoraban el amor de sus cuerpos. Y aquellos versos del divino Platón nos revelaron el secreto eterno por el que las almas que se aman pueden poseerse de manera perfecta. Y desde entonces, Béatrice y yo no pensábamos más que en unirnos de ese modo y así abandonarnos el uno en el otro.

Pero aquí comenzó el horror indefinible. El beso de la vida no podía unirnos de manera indisoluble. Era necesario que uno de nosotros se entregara en sacrificio al otro. Porque el viaje de las almas no podía ser una migración recíproca. Bien lo sentíamos los dos, pero no nos atrevíamos a decirlo. Y yo tuve la debilidad atroz, inherente al egoísmo de mi alma de hombre, de dejar a Béatrice en la incertidumbre. La belleza escultural de mi amiga empezó a declinar. Dejó de encenderse la lámpara roja en el interior de su rostro de alabastro. Los médicos llamaron a su mal anemia; pero yo sabía que era su alma la que se marchaba de su cuerpo. Evitaba ella mis miradas llenas de ansiedad con una sonrisa triste. La delgadez de sus miembros llegó a ser excesiva. Pronto su rostro se hizo tan pálido que tan sólo sus ojos brillaban en él con fuego sombrío. La color rosada de sus mejillas y sus labios aparecía y desaparecía como las últimas oscilaciones de una llama que está a punto de apagarse. Supe entonces que Béatrice me pertenecería por completo en unos pocos días y, pese a mi infinita tristeza, una alegría se hizo dueña de mí.

La última noche, apareció sobre las blancas sábanas como una estatua de cera virgen. Volvió su cara lentamente hacia mí y me dijo: "En el momento de mi muerte quiero que me beses en la boca y que mi último aliento pase a ti".

Creo que nunca me había dado cuenta de cuán cálida y brillante era su voz; pero aquellas palabras me dieron la impresión de un fluido tibio que me estremecería. Casi al instante sus ojos suplicantes buscaron los míos y comprendí que había llegado el momento. Acerqué mis labios a los suyos para beberme su alma.

¡Horror! ¡Infernal y demoníaco amor! ¡No fue el alma de Béatrice lo que pasó a mí sino su voz! El grito que lancé me estremeció y me paralizó. Porque aquel grito tendría que haberse escapado de los labios de la muerta y era de mi garganta de donde surgía. Mi voz se había hecho cálida y vibrante y me daba la impresión de un fluido tibio que me estremecería. Había matado a Béatrice y había matado mi voz; la voz de Béatrice habitaba en mí, una voz tibia de agonizante que me llenaba de terror.

Pero ninguno de los asistentes pareció darse cuenta. Las llamas de los cirios subían muy derechas y muy altas, rozando casi las pesadas cortinas. Y el dios del Terror había extendido su mano sobre mí. Cada uno de mis sollozos me hacía morir de mil muertes: eran exactamente iguales a los sollozos de Béatrice cuando, después de quedarse inconsciente, se lamentaba de su muerte. Y, mientras que yo lloraba arrodillado junto a su cama, con la frente sobre las sábanas, era su llanto el que parecía que se elevaba en mí, su voz llena de pasión la que parecía que flotaba en el aire, quejándose por su muerte miserable.

¿No debería yo de haberlo sabido? La voz es eterna, la palabra no muere. Ella es la migración perpetua del pensamiento humano, el vehículo de las almas; las palabras yacen secas sobre las hojas de papel, como las flores en un herbario; pero es la voz la que las hace revivir de su propia vida inmortal. Pues la voz no es otra cosa que el movimiento de las moléculas del aire bajo el impulso de un alma; y el alma de Béatrice estaba en mí pero yo no podía comprender y sentir otra cosa que su voz.

Ahora que vamos a ser liberados, mi terror se suaviza; pero va a renovarse, le siento llegar, ese horror que no se puede explicar; está aquí, nos agarra porque estoy agonizando y mi estertor, que es cálido y vibrante, más tibio que el agua de mi bañera ¡es el estertor de Béatrice!

1. El epigrama, formado por un dístico elegiaco, es decir, un hexámetro más un pentámetro, no es de Platón, tal y como ya dijimos en la introducción, sino que un gramático del helenismo se lo atribuyó al filósofo ateniense. En una traducción más o menos literal, que en ningún momento pretende competir con la espléndida versión de Schwob, diría así:

Mi alma, amando a Agatón, en los labios tuve.

Llegó allí la insolente como queriendo saltar hacia él.

La siega sabina

El día de la siega había llegado, todo radiante. Los trigos maduros se balanceaban, esperando la hoz, con los primeros reflejos de la mañana. La aurora había esparcido por las colinas sus fuegos rosados y las nubecillas blancas, con sus bordes encendidos, huían hacia el oeste a través del cielo azul. Salían las gentes del campo al encuentro de la brisa de la mañana, el manto echado sobre los hombros; no conservaban para segar bajo el calor nada más que la túnica. La siega duraba hasta la noche. En los campos no se veía más que espaldas encorvadas; los hombres se cubrían la cabeza con una *mappa*[1] blanca y las mujeres con un pañuelo que caía en punta hasta su pecho. Unos cogían las espigas y cortaban los tallos a media altura con su hoz. Otros las reunían en montones y ataban el junco flexible alrededor; éstos, con

1. La *mappa* era una toalla, una servilleta o un pañuelo. En Roma, cuyo estilo de vida tanto dista de la vida rural descrita aquí por Schwob, era el pañuelo que se arrojaba en medio del circo y que señalaba el comienzo de los juegos.

dos haces en cada brazo y otros dos en cada mano, los amontonaban en el suelo segado; aquellos los llevaban poco a poco hacia la era para trillarlos, en carros hechos con una lanza larga, montada a su vez sobre cuatro ruedas y con dos horcas de madera, una delante y otra atrás, para que contuvieran las haces. Los bueyes plácidos arrastraban las carretadas con paso lento y monótono, dándose golpes en sus flancos mojados con su cola peluda y sacudiéndose a veces con impaciencia el yugo para espantar a las moscas mientras que arrojaban vapor de sus ollares. Los ejes chirriaban, los hombres cantaban, las muchachas se reían cuando los muchachos, al pasar, les hacían cosquillas en el costado. La rastrojera alzaba en el aire cálido sus troncos mutilados, a menudo adornados por cabezas de amapolas, abatidas con las espigas por la hoz; la tierra de los surcos, ocultada largo tiempo por el trigo, aparecía un poco húmeda en los huecos, llena de insectos y orugas. Los saltamontes huían ante los pies, con un estridente batir de alas; las codornices hacían deserción del campo segado con sus perdigones y con las alondras y, posándose por los campos de alrededor, se ponían a piar de manera ensordecedora mientras que las urracas que pasaban graznando y volando pesadamente de cima a cima, miraban con curiosidad a los segadores.

Más tarde, el mediodía adormecía el trabajo bajo su pesado calor; los niños, colgados de la *castula*[2] de sus madres, se

2. La *castula* era, en el vestido de la mujer romana, una túnica que le

adormecían a lo largo de los setos, la cabeza metida debajo de las escabiosas y de la madreselva; hombres y mujeres se acurrucaban debajo de sus mantos al borde del campo, en la cuneta del camino. Se destapaba un ánfora que circulaba de mano en mano, mientras que se mordía en un trozo de pan untado de nata que hacía mejor el vino. Los bueyes, desuncidos, pacían con tranquilidad las manchas de hierba que el follaje de una encina había resguardado del ardor del sol; sus anchos ollares parecía que aspiraban la tierra; cogían la hierba con su lengua rugosa y la masticaban con lentitud mirando al frente, con sus grandes ojos fijos en la indiferencia. Luego todo se paralizaba con la siesta; se dormía con dulzura, tumbado en la hierba. Los durmientes, violentos por el calor, movían los brazos y daban grandes suspiros; las mujeres se cubrían la cara con sus pañuelos y los hombres con sus *mappae*; las rodillas de los bueyes se doblaban bajo sus cuerpos y ellos también reposaban, tumbados en la tierra.

Cuando el sol, sobrepasando su cénit, comenzaba a dar inclinación a sus rayos y la poca sombra de los árboles y de los setos iba poco a poco alargándose, todo aquel mundo dormido se agitaba otra vez para ponerse al trabajo. Y los bueyes arrastraban los carros, los segadores cortaban sus espigas, ataban y transportaban los haces; las mujeres reían

llegaba hasta los pies. Su nombre proviene del adjetivo *castus -a -um*: casto/casta y los muchachos las pellizcaban cada vez más hasta que el atardecer rojizo por detrás de las cimas violáceas, hasta que el rastrojo vacío del campo crepitó bajo el viento de la tarde y los primeros tonos grises de la noche hubieron llenado de sombra la tierra.

Fue entonces cuando se eligió a la reina de la siega. ¿Era de verdad hermosa? Tenía lo que no tienen ¡dioses poderosos! las coquetas educadas a la sombra de los gineceos: el frescor salvaje y el perfume penetrante de las flores de la montaña. El viajero, cansado por un largo camino bajo el sol y que se enjuga la frente tras haber remontado con dificultad una cuesta polvorienta, escucha lleno de delicia el murmullo de una fría fuente que brota en el centro de unas rocas llenas de musgo y que cae en cascada argentina en las hojas recortadas de los helechos y sobre las ramas de los cornejos cargados de bayas de dureza pétrea. Corre hacia allí y, extendiendo sus manos sudorosas, las introduce en el chorrillo de agua que brota lleno de ímpetu; moja su cara y bebe acercando también los labios. Luego se tumba cerca de la fuente cantarina y se deja acunar por su murmullo. Dejando en el olvido la árida cuesta con sus fresnos desolados y las matas de lavanda y de romero, dirige su mirada al nido de follaje de la ninfa. Las violetas le guiñan los ojos en el fondo de sus verdes escondrijos y las fresas salvajes le enseñan perlas rojas entre sus hojas dentadas. Los olores del bosque lo acaban embriagando con sus aromas y se abandona a las caricias de la floresta. De este modo los lánguidos ciudadanos podían refrescarse contemplando a esta reina del país sabino.

Estaba ella sentada en el medio de los segadores sobre una piedra lisa. Tenía también una hoz pero no trabajaba, tan sólo cantaba y los trabajadores repetían todos juntos el estribillo. Su canción triste hablaba de una muchacha cuyo prometido fue reclutado por los que alistaban y enviado a la legión. Y luego partía a la guerra con su *manipulus*,[3] muy lejos, por la parte de la Galia. Y ¿qué era la Galia? La niña reina no lo sabía, pero estaba muy lejos y los hombres allí eran fuertes y fieros. Desde que había partido, la prometida no había tenido noticias de su amado. Entonces la pobre joven se llegaba hasta la vera de la *via* por donde pasaban los ejércitos y se pasaba el tiempo esperando a su prometido, en medio del polvo de los carros, del tropel de los hombres de armas, de los caracoleos de los caballos, de los insultos de los soldados. Y esperó mucho tiempo, los ojos enrojecidos por las lágrimas, tanto tiempo que dejó de contar los días y los meses y ya no se daba cuenta del amanecer ni del anochecer. Sus cabellos encanecían con la espera; su piel se arrugaba bajo el sol y en las crueles tormentas del invierno la lluvia resbalaba por su cuerpo y la helada hacía que

3. En el ejército romano, un manípulo era la trigésima parte de una legión.

sus miembros crujieran. Pero ella seguía allí, sus grandes ojos abiertos, esperando a su prometido.

Viendo a tantos hombres pasar por delante de ella, tantas máquinas de guerra, infantes, jinetes y legiones, su valor empezó a abandonarla y se desesperaba.

Pero un día se llenó de sobresalto escuchando a lo lejos las *tubae*[4] que tocaban una canción conocida. Era una canción de la región, una canción en la que los muchachos y las muchachas la cantaban por turnos. La había cantado ella con su amado. Su corazón se puso a latir. Llegó un batallón, manipulus a manipulus, los honderos en cabeza, los piqueros, los que llevaban el *pilum*,[5] con los *centuriones*[6] en el flanco. Se asomó para mirar y reconoció en un *manipulus* a hombres de su tierra, a paisanos suyos que habían partido con su prometido. Dando un gran grito, se lanzó a la calzada, se puso ante los soldados y los obligaba a que se pararan en medio de gritos. Pero ellos no reconocían en aquella anciana a la risueña joven que habían dejado; querían echarla a un lado cuando les preguntó, entre lágrimas, dónde estaba Clodius, su amado Clodius.

– Llevaba una toga marrón –les dijo–, un anillo de plata en su dedo y en su pecho una banda azul tejida por mí.

4. La *tuba* era la trompeta militar romana.
5. Por *pilum* entendían los romanos un arma arrojadiza que podía ser bien un venablo, bien un dardo o bien una lanza.
6. El centurión era el oficial romano que estaba al mando de una centuria que era, a su vez, la sesentava parte de una legión.

Y uno de ellos le respondió:

– Le conocíamos bien a Clodio. Murió en Bretaña; los bretones lo mataron.

Conservó la banda para morir abrazado a ella, pero me dio su anillo para que se lo diera a su amada. Le puso el soldado el anillo en su dedo y el batallón siguió su marcha. Y cuando la muchacha tuvo el anillo, el anillo de plata en su dedo, cayó a la vera del camino: había muerto.

La reina de la cosecha tenía los ojos llenos de lágrimas al acabar la canción; el aire era dulce y melancólico y ella se compadecía tanto de la pobre prometida...Pero apenas las tibias gotas habían tenido tiempo de rodar por sus mejillas cuando dos brazos vigorosos la levantaban para sentarla en los más alto de la carreta. Habían amontonado allí los haces con gran cuidado y, en el centro, colocaron tres, uno a lo largo, para que la reina se pudiera sentar en él, y los otros por detrás a modo de respaldo. Y la reina ocupó su lugar en el trono y se coronó graciosamente con la trenza de acianos que encontró colgada en el respaldo de su asiento regio; y besó a su rey de todo corazón en sus dos mejillas, rojas como llamas, cuando trepó entre jadeos por los haces para regalarle una gran cadena de amapolas y de enormes margaritas que se puso en el hombro izquierdo y se anudó al talle. Entonces se puso en marcha la carreta; las ruedas giraban con lentitud, chirriando, y los bueyes avanzaban con pesadez, la vista estorbada por las matas de hiedra que decoraban el yugo y los cuernos. Los segadores rodeaban el carro de la reina de la siega. Abrían la marcha los más ancianos, los seguían los jóvenes y las mujeres cerraban el cortejo. Cantaban los viejos cantos que habían recibido de sus padres y éstos a su vez los habían recibido de sus abuelos; cantos en los que no se hablaba del cruel Mavors,[7] el que tan sólo se goza con el ruido de las espadas rotas y con el estrépito de los escudos golpeados, sino sólo de la Tierra benefactora que recibe las simientes y del Sol que las fecunda con sus besos. Cantaban también a los genios de los campos, que velaban por los trigos, y a las hadas amigas que reinan en los manantiales y no permiten que se sequen, que rodean los pozos rústicos con coronas de violetas y que guían los arroyos que serpentean por la ladera de las colinas. Y, sobre todo, no se olvidaban en sus cantos de la diosa del Nar, que hacía fecunda a la región con sus beneficiosos vapores y les permitía capturar en su seno la trucha ágil y pérfida, cubierta de manchas rojas, y los cangrejos de caparazón azulado, que pellizcan con disimulo, entre las piedras, los dedos de los niños. Por último, celebraban las danzas de las Horas[8] que conducen la cosecha y que formando

7. Se trata del dios Marte que, muy bien representado en su narración por Schwob que hace una vez más alarde de su erudición, era, en un principio, tanto dios de los campos como dios de la guerra. Fue más tarde, al venir de Grecia Ares, cuando pasó a ser el dios exclusivamente guerrero que conocemos posteriormente.
8. Las Horas eran las diosas que presidían las estaciones y que, además,

una rueda continua, cogidas de la mano, se unen y se suel-
tan sin parar, para llevar su farándola desde el invierno,
pasando por la primavera, hasta el final del verano, hasta el
otoño que distribuye los frutos: entrega, a manos llenas,
desde el pliegue de su manto de color de hoja muerta, las
manzanas rojas, los nísperos oscuros, las aceitunas negras y
los higos maduros que golpean la tierra y se abren con un
suave chasquido.

guardaban las puertas del cielo. Eran hijas de Zeus y de Ternis y se lla-
maban: *Eunomía* (Buen gobierno), *Diké* (Justicia) e *Eirene* (Paz).
Las tres hermanas lo eran a su vez de las Parcas, nacidas de este
mismo matrimonio.

ARACNÉ

Her waggon-spokes made of long spinners' legs;
The cover, of the wings of grasshoppers;
Her traces of the smallest spider's web;
Her collars of the moonshine's watery beams...[1]

Shakespeare, *Romeo and Juliet*

Decís que estoy loco y me habéis encerrado pero yo me río de vuestras precauciones y de vuestros terrores: pues seré libre el día que yo quiera. A través de un hilo de seda que me ha lanzado Aracné, huiré lejos de vuestros guardianes y de vuestras rejas. Pero aún no ha llegado el momento aunque esté ya cercano: mi corazón va poco a poco desfalleciéndose y mi sangre se empalidece. Vosotros, los que ahora me tomáis por loco, me tomaréis por muerto mientras me balanceo en el hilo de Aracné más allá de las estrellas.

1. La cita es del Acto I, escena IV, versos 59 a 62 y es parte del pasaje en que Mercucio hace una descripción de la reina Mab que es "la partera de las ilusiones". Al final del largo parlamento de Mercucio, Romeo lo interrumpe con un "¡Silencio! ¡Silencio, Mercucio, Silencio! Estás hablando de nada." Así dice en castellano la cita en la ya clásica traducción de Luis Astrana Marín: "Los radios de las ruedas de su carroza están fabricados de largas patas de araña; la cubierta, de alas de saltamontes; las riendas, de finísima telaraña; los arneses, de húmedos rayos de luna". William Shakespeare, *Obras completas*, p. 280. Aguilar. Madrid, 2003.

Si estuviera loco, no sabría con tanta certeza lo que ha ocurrido, no me acordaría con tanto detalle de eso a lo que habéis llamado mi crimen, ni de los litigios de vuestros abogados, ni de la sentencia de vuestro juez rojo de furia. No me reiría de los informes de vuestros médicos y no vería en el techo de mi celda la cara imberbe, la levita negra y la corbata blanca del idiota que me ha declarado irresponsable. No, no lo vería, pues los locos no tienen las ideas precisas y yo sigo mis razonamientos con una lógica lúcida y una claridad extraordinaria que a mí mismo me maravillan. Y los locos sufren en lo alto del cráneo; se creen, los pobres, que columnas de humo surgen, formando remolinos, de su occipucio. Mientras que mi cerebro es de una ligereza tal que me parece con frecuencia que tengo la cabeza vacía. Las novelas que he leído, con las que antes disfrutaba tanto, las abarco ahora de un vistazo y las juzgo según su valor; veo cada defecto de composición pues la simetría de mis propias invenciones es hasta tal punto perfecta que os quedaríais deslumbrados si os la expusiera.

Pero os desprecio de manera infinita; no sabríais comprenderla. Os dejo estas líneas como último testimonio de mi sarcasmo y para haceros apreciar vuestra propia locura cuando encontréis mi celda desierta. Ariane, la pálida Ariane, a cuyo lado me prendisteis, era bordadora. Fue esa la causa de su muerte y esa será la causa de mi salvación. Yo la amaba con una pasión intensa; era menudita, morena de piel y con los dedos ágiles; sus besos eran pinchazos, sus caricias, bordados que palpitaban. Y las bordadoras llevan una vida tan ligera y tienen unos caprichos tan volubles que quise bien pronto que abandonara su oficio. Pero ella se me resistió y yo desesperaba viendo a los pollos pera encorbatados y engominados que la acechaban a la salida del taller. Mi desesperación era tan grande que intenté con todas mis fuerzas volver a sumergirme en los estudios que me habían hecho feliz.

Lleno de fastidio fui a coger el volumen XIII de los *Asiatic Researches*, publicado en Calcuta en 1820. Y de manera maquinal me puse a leer un artículo sobre los Phânsingâr[2] que, a su vez, me llevó a los Thugs.[3]

2. Es otra manera de conocer a los Thugs de los que tratamos en la nota siguiente. Se les conocía así porque esta palabra hindi significa "los del nudo corredizo" y con este sistema daban la muerte a sus víctimas.

3. Los Thugs formaron una red de fraternidades secretas en la India que operó desde la Edad Media hasta, aproximadamente, 1830. La religión Thuggee fue un culto integrado por miembros hindúes y musulmanes que robaban y asesinaban a los viajeros, generalmente, por medio de la estrangulación, la finalidad de su culto era honrar a la diosa Kali, deidad que personificaba el caos. La primera mención a los Thugs se encuentra en el libro *Historia del Shah Firoz* que escribió Ziau-d din Barni en 1356. Encontramos a los Thugs o Thuggee como enemigos de Sandokán, el celebérrimo héroe de Salgari o en *Indiana Jones and the Temple of Doom* (1984) de Spielberg. Los historiadores ponen a los Thugs como un ejemplo de la aparición temprana del fenómeno del terrorismo en la historia universal.

El capitán Sleeman ha hablado mucho de ellos. El coronel Meadows Taylor[4] sorprendió el secreto de su asociación. Estaban unidos entre ellos por lazos misteriosos y servían como criados en las casas de campo. A la noche, durante la cena, dejaban a sus amos estupefactos con una cocción de cáñamo. Por la noche, trepaban por los muros y se deslizaban por las ventanas abiertas a la luna e iban, en silencio, a estrangular a los habitantes de la casa. Sus cuerdas eran también de cáñamo, con un nudo grueso en la nuca para matar con más rapidez.

Así, por mediación del Cáñamo, los Thugs relacionaban el sueño con la muerte. La planta que daba el hachís por medio de la cual los ricos los embrutecían como con el alcohol o con el opio servía también para vengarlos. Se me vino a las mientes una idea que consistía en que castigando a mi bordadora Ariane con la Seda, la ataría por entero en la muerte. Y esta idea, llena de lógica sin duda, llegó a ser el punto luminoso de mi pensamiento. No la retuve allí por mucho tiempo. Cuando ella puso su cabeza inclinada sobre mi cuello para dormirse, le pasé alrededor de la garganta, con mucha precaución, la cuerdecilla de seda que yo había cogido de su canastillo y, apretándola lentamente, bebí su último aliento en su último beso.

4. Ambos militares, Sleeman y Meadows Taylor investigaron y escribieron sobre los Thugs; este último desveló el secreto de su modo de asociación.

Así nos cogisteis, boca con boca. Os creísteis que yo estaba loco y que ella estaba muerta. Pero no sabéis que ella está siempre conmigo, eternamente fiel, porque ella es la ninfa Aracné. Día tras día, aquí, en mi blanca celda, se me ha revelado desde el momento en que vi una araña que tejía su tela justo encima de mi cama: ella era menudita, morena y de patas ágiles.

La primera noche, ella descendió hasta mí a través de un hilo; suspendida por encima de mis ojos, bordó sobre mis pupilas una tela sedosa y sombría con reflejos tornasolados y luminosas flores de púrpura. Más tarde he sentido a mi lado el cuerpo nervioso y recogido de Ariane. Ella me ha besado el pecho, justo en el sitio donde lo cubre el corazón, y yo he gritado al sentir la quemadura. Y nos hemos quedado abrazados durante mucho tiempo sin decirnos nada.

La segunda noche, extendió sobre mí un velo fosforescente salpicado de estrellas verdes y de círculos amarillos, recorrido por unos puntos brillantes que huyen y se unen entre ellos, que aumentan y disminuyen y que tiemblan en la lejanía. Y, puesta de rodillas sobre mi pecho, me ha cerrado la boca con la mano; en un largo beso en el corazón me ha mordido la carne y me ha chupado la sangre hasta arrojarme a la nada del desvanecimiento.

La tercera noche me vendó los párpados con un pañuelo de seda mahratta en el que bailaban arañas multicolores cuyos ojos centelleaban. Y me apretó la garganta con un hilo sin fin; y atrajo con violencia mi corazón hacia sus labios por la herida de su mordedura. Entonces se deslizó en mis brazos hasta mi oreja para murmurarme: "Soy la ninfa Aracné".

Sin duda no estoy loco porque comprendí al momento que mi bordadora Ariane era una diosa mortal y que desde toda la eternidad se me había designado para llevarla con su hilo fuera del laberinto de la humanidad. Y tengo el agradecimiento de la ninfa Aracné por haberla liberado de su crisálida humana. Con precauciones infinitas, envolvió mi corazón, mi pobre corazón, con su hilo viscoso; lo ha enredado con mil vueltas. Todas las noches aprieta las mallas entre las que este corazón humano se hace duro como el cadáver de una mosca. Yo me había unido eternamente a Ariane al apretarle la garganta con su seda. Ahora Aracné me ha atado eternamente a ella con su hilo al estrangularme el corazón.

Cruzando ese puente misterioso, visito a medianoche el Reino de las Arañas, cuya reina es ella. Es necesario que atraviese ese infierno para balancearme más tarde a la luz de las estrellas.

Las Arañas del Bosque corren con ampollas luminosas en las patas. Las Mígalas tienen ocho ojos terribles que centellean; con los pelos erizados, caen sobre mí en el recodo de los caminos. A lo largo de los marjales en donde tiemblan las Arañas de Agua, montadas sobre las grandes patas de los segadores, me veo arrastrado a los corros de vértigo en los que danzan las tarántulas. Las Epeiras me espían desde el centro de sus círculos grises todos llenos de rayos. Fijan en mí las innumerables facetas de sus ojos, como un juego de espejos para capturar alondras y me fascinan. Cuando paso bajo los matorrales, telas viscosas me hacen cosquillas en la cara. Monstruos peludos, con patas veloces, me aguardan, agazapados en la espesura.

Pero la reina Mab[5] tiene menos poder que mi reina Aracné. Pues ésta tiene el poder de llevarme en su carro maravilloso que corre por un hilo. Su jaula está hecha con el duro caparazón de una gigantesca Migala, con adornos de cabujones llenos de facetas, tallados en sus ojos de diamante negro. Los ejes son las patas articuladas de un Segador gigante. Unas alas transparentes, con rosetones de nervaduras, la elevan mientras agitan el aire con rítmicos aleteos. Allí nos balanceamos durante horas; luego, de pronto, desfallezco, agotado por la herida de mi pecho en la

5. Ya hemos hablado antes de la reina Mab pero podemos añadir que dicha reina es un hada. Fue memorablemente descrita por Mercucio en esta obra de Shakespeare y según los hermosos versos del poeta podemos decir que ella es una criatura en miniatura que conduce su carro a través de las caras de las personas durmientes y les obliga a soñar y a cumplir sus deseos. Pero también es la reina de la magia y la hechicería como señora del lado oscuro. Sabemos también que enseñó a Merlin todo sobre la magia. Cuando Merlin y las gentes se decidieron a no tomarla en cuenta, ella y su magia desaparecieron.

que Aracné hurga sin cesar con sus labios en punta. En mi pesadilla veo inclinados hacia mí unos vientres constelados de ojos y huyo ante unas patas rugosas cargadas de hilillos.

En este momento, siento con toda claridad que las dos rodillas de Aracné se deslizan por mis costados; y el borboteo de mi sangre que sube a mi boca. Mi corazón pronto estará seco; será entonces cuando se quede envuelto en su prisión de hilos blancos, y yo huiré a través del Reino de las Arañas en dirección a la celosía deslumbradora de las estrellas. Por la cuerda de seda que me ha lanzado Aracné, me escaparé con ella y os dejaré, pobres locos, un cadáver muy pálido con un mechón de cabellos rubios que el viento de la mañana hará estremecer.

LAS ESTRIGAS[1]

Vobis rem horribilem narrabo ... mihi pili inhorruerunt.[2]

T.P. Arbitri, *Satirae*

Estábamos tumbados en nuestros triclinios alrededor de la mesa servida con suntuosidad. Las lámparas de plata

1. Aunque la palabra "estrigas" no aparece reflejada en el diccionario de la RAE, sin embargo, traduzco así el cuento como lo hace también Elena del Amo en la edición que cito en la bibliografía. El antiguo diccionario de Don Raimundo de Miguel nos dice para la palabra latina de donde procede la que nos ocupa, *Strix, strígis*, lo que sigue: Ave nocturna, pájaro funesto de quien supersticiosamente creían los antiguos que chupaba la sangre a los niños; Hechicera, bruja; bruja vieja (término de injuria). Con esta acepción ha pasado al italiano *strega*, bruja, y *stregare*, hechizar.

2. La cita, separada por puntos suspensivos, proviene de un pasaje del *Satyrícon* de Petronio, en concreto en el capítulo 63, y dice así: Attonitis admiratione universi"Salvo" inquit "tuo sermone" Trimalchio "si qua fides est, ut mihi pili inhorruerunt, quia scio Niceronem nihil nugarum narrare; immo certus est et minime linguosus. Nam et ipse vobis rem horribilem narrabo: asinus in tegulis"s. Cuya traducción sería: "Atónitos estábamos todos de admiración. Sin entrar a criticar tus palabras -dijo Trimalción- puedes creerme, si es que confiáis en mí, que se me han puesto los pelos de punta porque sé que Nicerote no narra mentiras; todo lo contrario, es un hombre veraz y que se va muy poco de la lengua".

daban poca luz; acababa de cerrarse la puerta detrás del malabarista que había terminado por cansarnos a todos con sus cerdos amaestrados; y había en la sala un olor a piel chamuscada a causa de los aros de fuego por los que hacía saltar a sus animales en medio de gruñidos. Era el momento del postre: pasteles bañados de miel caliente, erizos de mar confitados, huevos al buñuelo, tordos en salsa rellenos de flor de harina, pasas y nueces. Un esclavo sirio cantaba de manera aguda mientras pasaba los platos. Nuestro anfitrión pasó los dedos por la larga cabellera de su favorito, acostado junto a él, y se hurgó con gracia en los dientes con una espátula dorada. Estaba conmovido por las numerosas copas de vino cocido que bebía con avidez, sin mezclarlo, y comenzó de esta manera con una cierta confusión:

"Nada me entristece más que el final de una comida. Me veo obligado a separarme de vosotros, queridos amigos. Eso me trae a las mientes el momento en que tenga que abandonaros de verdad. ¡Oh! ¡Oh! ¡Qué poca cosa es el hombre! Poco más que una nadería. Trabajad sin descanso, sudad, suspirad, haced campañas en la Galia, en Germania, en Siria, en Palestina, amasad vuestra fortuna moneda a moneda, servid a buenos amos, pasad de la cocina a la mesa, de la mesa al favor; dejaos los cabellos largos como estos en los que me limpio los dedos; conseguid la manumisión; tened una casa propia con unos invitados como los que yo tengo; especulad con terrenos y con transportes de comercio, no paréis ni un momento, azacanead; desde el momento en que el gorro de liberto os haya tocado la cabeza, os sentiréis esclavizados por un ama de la que ninguna suma de sestercios los liberará. ¡Ea! Vivamos mientras tengamos salud. Muchacho, sirve más Falerno".[3]

Ordenó que le trajeran un esqueleto de plata articulado, lo acostó sobre la mesa en diferentes posturas, suspiró, se enjugó los ojos y añadió:

"La muerte es una cosa terrible cuyo pensamiento me asalta, sobre todo, después de comer. Los médicos que he consultado no me pueden aconsejar nada. Creo que padezco malas digestiones. Tengo días en que mi vientre muge como si fuera un toro. Hay que evitar estas molestias. No os avergüence, amigos míos, si no os encontráis bien. La anatimiasis[4] puede subir al cerebro y eso sería el final. El emperador Claudio tenía costumbre de actuar así y nadie se reía.

3. El Falerno era un vino muy apreciado por los romanos que se cosechaba en las tierras de la Campania, al sur de Roma.
4. La *anathymiasis* es una exhalación, para el diccionario de Bailly, o un vapor o aliento para el venerable diccionario de Don Raimundo de Miguel. Tenemos que recurrir a una cita de Suetonio para entender lo que nos quiere decir aquí Schwob: *Dicitur etiam meditatum edictum, quo veniam flatum crepitumque ventris in convivio emittendi, cum periclitatum quendam prae pudore ex continentia repperisset*. Incluso se dice que había pensado un edicto por el que se permitiera eructar y ventosear en los banquetes pues llegó a sus oídos que un invitado había estado a punto de morir al contenerse por vergüenza. *Divi Claudii Vita*, XXXII. Caius Suetonius Tranquilus.

Es mejor ser un maleducado que poner en peligro nuestra vida."

Volvió a pensar unos instantes más y dijo después: "No puedo ahuyentar esta idea mía. Cuando pienso en la muerte, tengo ante mis ojos a todas las personas que he visto morir. ¡Y si estuviéramos seguros de nuestro cuerpo, después de que todo haya terminado! Pero, pobres de nosotros que no somos más que unos miserables, hay poderes misteriosos que nos espían, os lo juro por mi genio familiar. Se les encuentra en las encrucijadas. Tienen el aspecto de ancianas y por la noche se convierten en pájaros. Un día, cuando vivía todavía en la calle Estrecha, casi se me sale el alma por la boca de espanto pues había una de esas viejas encendiendo fuego con unas cañas en una hornacina de la pared; echaba vino en una gamella de cobre y lo mezclaba con puerros y perejil; añadía a continuación nueces y avellanas y las examinaba. ¡Dioses enfurecidos! ¡Qué miradas como dardos lanzaba! Luego, cogió unas habas de su bolsa y las mondó con los dientes tan deprisa como un paro cuando picotea el cañamón; y escupía las vainas a su alrededor como si fueran cadáveres de moscas.

"Era una estriga, no me cabe duda. Y si se hubiera dado cuenta de mi presencia, me habría podido paralizar con su mal de ojo. Hay personas que salen de noche y que se sienten perseguidos por alientos; sacan su espada, hacen un molinete, se baten con las sombras. Por la mañana, están cubiertos de cardenales y la lengua se les sale por un lado de la boca, se han encontrado con las estrigas. Yo he visto a hombres fuertes como bueyes y hasta duendes a los que ellas dejaban en un estado penoso.

"Estas cosas son verdaderas, os doy fe de ellas. Además, son hechos reconocidos. Yo no hablaría de ello e incluso podría ponerlo en duda si no me hubiera ocurrido una aventura que me puso todos los pelos de punta.

"Durante la vela de los muertos, se puede oír a las estrigas: cantan canciones que nos arrastran y a las que obedecemos mal de nuestro grado. Su voz es suplicante y quejumbrosa, aflautada como la de un pájaro, tierna como los lamentos de un niño pequeño que nos llama; nada puede oponer resistencia a esa voz. Cuando servía a mi amo, el banquero de la vía Sacra, tuvo la desgracia de perder a su mujer. Yo estaba triste en esos momentos pues acababa de perder a la mía –hermosa criatura, a fe mía, y algo metida en carnes– pero a la que yo amaba sobre todo por sus buenas maneras. Todo lo que ella ganaba era para mí; si no tenía más que un as, me daba la mitad. De regreso a la *villa* vi unos objetos blancos que se movían entre las tumbas. Me muero de terror, especialmente porque había dejado una muerta en la ciudad; me apresuro a la casa de campo y ¿qué me encuentro al atravesar el umbral? Un charco de sangre con una esponja empapada dentro.

"Y por dentro de la casa oigo gritos y llantos pues el ama había muerto a la caída de la tarde. Los sirvientes se desgarraban sus vestidos y se arrancaban los cabellos. Una sola lámpara se veía, como un punto rojo, al fondo de la habitación. Cuando el amo salió, encendí una gran tea de pino cerca de la ventana; la llama chisporroteaba y humeaba tanto que el viento agitaba los grises remolinos por la habitación; la luz desfallecía y volvía a tomar vida con un soplido; las gotas de resina chorreaban a lo largo de la madera y crepitaban.

"La muerta estaba acostada en la cama. Tenía la cara verde y muchas arrugas pequeñas alrededor de la boca y las sienes. Le habíamos atado un paño alrededor de las mejillas para impedir que sus mandíbulas se abrieran. Las mariposas de la noche agitaban formando círculos, alrededor de la tea, sus alas amarillas; las moscas se paseaban con lentitud por encima de la cama y cada golpe de viento hacía que entraran hojas secas que revoloteaban. Yo velaba a sus pies y pensaba en todas las historias, en los muñecos de paja que se encuentran por las mañanas en lugar de los cadáveres y en los agujeros redondos que hacen las brujas en las caras para chupar la sangre.

"En esto que se alzó entre los aullidos del viento un sonido estridente, agrio y tierno; casi se podía decir que una niña pequeña cantaba suplicando. La melodía flotaba en el aire y entraba con más fuerza con los soplos que esparcían los cabellos de la muerta; mientras tanto yo me encontraba como paralizado de estupor y no me movía.

"La luna se puso a brillar con una luz más pálida; las sombras de los muebles y de las ánforas se unieron a la negrura del suelo. Mis ojos, que andaban de un lado al otro, fueron a dar en el campo y vi cómo el cielo y la tierra se iluminaban con un suave resplandor allí en donde los matorrales lejanos se desvanecían, allí en donde los álamos no hacían sino marcar unas largas líneas grises. Me pareció que el viento amainaba y que las hojas ya no se movían. Fue entonces cuando vi deslizarse unas sombras detrás del seto del jardín. Luego mis párpados me parecieron de plomo y se cerraron; sentí unos roces ligeros.

"De pronto el canto del gallo me sobresaltó y un soplo helado del viento de la mañana tocó en las copas de los álamos. Yo estaba apoyado en el muro; por la ventana veía el cielo de un gris más claro y un reguero blanco y rosa por la parte de Oriente. Me froté los ojos y cuando miré a mi ama, –¡que los dioses me ayuden!– vi que su cuerpo estaba cubierto de cardenales negros, de manchas de un azul sombrío del tamaño de un as, sí, como un as, esparcidas por toda la piel. Entonces di un grito y corrí hacia la cama. La cara era una máscara de cera en la que se podía ver la carne comida de una manera horrorosa; no tenía nariz, ni labios, ni mejillas, ni ojos: las aves de la noche se los habían arrancado, como si fueran ciruelas, con su pico de acero. Y cada mancha azul era un agujero con forma de embudo en cuyo fondo brillaba una placa de sangre coagulada; y no tenía corazón, ni pulmones, ni víscera alguna pues el pecho y el vientre estaban rellenos con manojos de paja.

"Las estrigas cantoras se lo habían llevado todo durante mi sueño. El hombre no puede resistirse al poder de las brujas. Somos el juguete del destino".

Nuestro huésped se puso a sollozar, la cabeza sobre la mesa, entre el esqueleto de plata y las copas vacías. "¡Ay! ¡Ay!" lloraba, "yo, un hombre rico, yo que puedo ir a Bayas[5] por mis propiedades, yo que publico un periódico para mis tierras, que tengo mi compañía de actores, de bailarines y de mimos, mi vajilla de plata, mis casas de campo y mis minas de metales, no soy más que un cuerpo miserable y las estrigas podrán bien pronto venir a agujerearlo". El muchacho le alargó un cuenco de plata y él se levantó.

Mientras tanto las lámparas empezaban a apagarse; los invitados se agitaban pesadamente con un murmullo vago; las piezas de la vajilla de plata se entrechocaban y el aceite de una lámpara volcada había empapado toda la mesa. Un saltimbanqui entró andando de puntillas, con la cara llena de albayalde y con la frente rayada con líneas negras; nosotros nos marchamos por la puerta abierta, entre una fila de esclavos recién comprados cuyos pies estaban aún blancos de tiza.

5. Ciudad de veraneo y de ocio cerca de Nápoles.

Los Mimos

El poeta Herondas, que vivía en la isla de Cos bajo el reinado de Ptolomeo, me envió una delicada sombra infernal a la que había amado entre los mortales. Y mi habitación se llenó de mirra y un soplo ligero llenó de frío mi pecho. Y mi corazón semejante se hizo al corazón de los muertos pues olvidé mi vida presente.

La sombra amorosa se sacó de entre los pliegues de su túnica un queso de Sicilia, una frágil cesta de higos, un ánfora pequeña de vino negro y una cigarra de oro. Al momento, me vino el deseo de escribir mimos y en las ventanas de mi nariz sentí el cosquilleo del olor pringoso de las lanas nuevas y el humo grasiento de las cocinas de Agrigento y el perfume acre de los puestos de pescado en Siracusa. Por las blancas calles de la ciudad pasaron cocineros arremangados, y tocadoras de flauta con pechos sabrosos, y celestinas de pómulos arrugados, y mercaderes de esclavos con los carrillos llenos de dinero. Por los pastos azulados de sombra se deslizaron pastores silbando y llevando cañas que brillaban con la cera, y queseras coronadas de flores rojas.

Pero la sombra amorosa no escuchó mis versos. Volvió su cabeza en la noche y se sacó de los pliegues de su túnica un espejo de oro, adormideras maduras, una trenza de asfódelos, y me dio un junco de los que crecen a las orillas del leteo. Al momento me invadió el deseo de la sabiduría y del conocimiento de las cosas terrenales. Fue entonces cuando vi en el espejo la temblorosa imagen transparente de las flautas y de las copas y de los altos sombreros y de los rostros frescos con sinuosos labios, y se me apareció el oscuro sentido de los objetos. A continuación, me incliné sobre las adormideras, y mordí los asfódelos,[1] y mi corazón se lavó en el olvido, y mi alma cogió de la mano a la sombra para descender al Ténaro.[2]

1. Para que no nos pase como a Rubén Darío, al que Don Ramón María del Valle Inclán le tuvo que señalar un día los nenúfares en un estanque porque el vate nicaragüense no sabía de qué planta hablaba en sus versos, diremos que los asfódelos son un género de plantas vivaces herbáceas, que proceden del centro y del sur de Europa. Los griegos las utilizaban para decorar las tumbas y es fama que las praderas de los infiernos estaban llenas de estas flores.
2. Poéticamente y por metonimia, Ténaro eran los infiernos pero más concretamente era una de las entradas a los mismos, un promontorio de Laconia y una ciudad con el mismo nombre que llevaba fama por sus mármoles negros y porque en ella había un templo a Neptuno. Horacio en su libro primero de *Odas*, nos dice: *quo Styx et invisi hórrida Taenarii*. En la actualidad es el cabo Matapán.

La sombra, con lentitud y suavidad me fue conduciendo por la hierba negra de los infiernos en la que nuestros pies se teñían con las flores del azafrán. Y allí fue donde me llené de añoranza por las islas del mar de púrpura, por las playas sicilianas rayadas con cabelleras marinas y por la blanca luz del sol. Y la sombra amorosa comprendió mi deseo. Me tocó los ojos con su mano tenebrosa y vi cómo subían Dafnis y Cloe hacia los campos de Lesbos. Y probé ese dolor suyo de experimentar en la noche terrenal la amargura de su segunda vida. Y la Buena Diosa[3] dio la rama de laurel a Dafnis, y a Cloe la gracia de la mimbrera verde. Al punto conocí la calma de las plantas y la alegría de los tallos inmóviles.

Fue entonces cuando envié al poeta Herondas unos mimos nuevos perfumados con el perfume de las mujeres de Cos y con el perfume de las flores pálidas del infierno y con el perfume de las hierbas flexibles y salvajes de la tierra. Así lo quiso aquella delicada sombra infernal.

---

3. La Buena Diosa o *Bona Dea* en latín era una diosa romana de la fecundidad y de la abundancia a la que daban culto las mujeres romanas pero también los plebeyos, los libertos y los esclavos. Se la veneraba en un templo del monte Aventino, una de las siete colinas de Roma.

Consagro este altar a la memoria de Cina. Aquí, junto a las rocas negras donde tiembla la espuma, hemos andado errantes los dos. La playa horadada lo sabe, y el bosque de serbales, y los juncos de las arenas, y las cabezas amarillas de las adormideras del mar. Ella tenía las manos llenas de conchas recortadas y yo llenaba con besos las caracolas temblorosas de sus orejas. Se reía ella de los pájaros con moño que se suben en las algas y mueven la cola. Yo veía en sus ojos la larga línea de luz blanca que marca la frontera entre la tierra oscura y el mar azul. Sus pies se mojaban hasta los tobillos y los animalillos marinos saltaban en su túnica de lana.

Amábamos la estrella brillante de la tarde y el creciente húmedo de la luna. El viento que atraviesa el Océano nos traía los perfumes de los países de las especias. Nuestros labios estaban blancos de sal, y veíamos brillar, a través del agua, animales transparentes y suaves como lámparas vivas. El aliento de Afrodita nos cercaba.

No sé por qué la Buena Diosa durmió a Cina. Ella cayó entre las adormideras amarillas de las arenas, a la luz rosada del lucero del alba. Su boca sangraba y la luz de sus ojos se extinguió. Vi entre sus párpados la larga línea negra que marca la separación de los que gozan con el sol y de los que lloran al pie de los marjales. Ahora Cina camina sola por el borde del agua subterránea, y las caracolas de sus oídos contienen los susurrantes sonidos de las sombras que vuelan, y en la playa infernal se balancean las tristes adormideras de negra cabeza, y la estrella del cielo oscuro de Perséfone[4] no tiene noche ni día; pero ella se parece a una flor de asfódelo marchita.

Los higos pintados

Esta jarra llena de leche le será ofrecida a la pequeña diosa de mi higuera. Verteré todas las mañanas leche nueva, y, si eso le gusta a la diosa, llenaré la jarra con miel o con vino sin mezcla. Así la honraré desde la primavera hasta el otoño; y, si una tormenta rompe la jarra, otra le compraré en el mercado de los alfareros, aunque la arcilla esté muy cara este año.

4. Perséfone o Proserpina era hija de la diosa Démeter y sobrina, por tanto de Zeus. Un día, su tío Hades, dios de los Infiernos, la raptó y se la llevó consigo al mundo de ultratumba. Su madre la buscó por todo el mundo hasta que dio con ella y le pidió a su hermano que la dejara libre. Pero el tío de la muchacha no pudo hacerlo pues Perséfone había comido unas pepitas de granada y nadie que hubiera comido en el mundo de los muertos podía ya salir de él. No obstante, llegaron a un acuerdo y así determinaron que la muchacha pasara medio año con su madre en la tierra, época que se corresponde con la primavera y el verano, y otro medio año con su tío en los infiernos, época que se corresponde con el otoño y el invierno.

A cambio, pido a la diosecilla que guarda la higuera en mi jardín que cambie el color de los higos. Eran blancos, llenos de sabor y azucarados pero Iolé se ha cansado de ellos. Ahora ella desea higos rojos y jura que serán mejores.

No es natural que una higuera de higos blancos dé higos rojos en otoño; pero Iolé lo ha querido. Si he sido piadoso con los dioses de mi jardín; si les he trenzado coronas de violetas y ofrecido aguamaniles rebosantes de vino y leche; si he agitado en su honor adormideras a la hora en la que el sol besa la cresta de mi muralla entre nubes de mosquitos que se apoderan del aire de la noche; si soy digno de su amistad por mi religión, haz florecer tu higuera, oh, diosa, con higos rojos. Si tu no me escuchas, no dejaré de honrarte con jarras frescas pero me veré forzado a levantarme con el alba, en la estación de las frutas, para abrir con mucho cuidado todos los higos nuevos y pintar su interior con la hermosa púrpura de Tiro.[5]

LA VELADA NUPCIAL

Esta lámpara de mecha nueva arde con su aceite fino y claro frente al lucero de la tarde. El umbral está cubierto por

---

5. Tiro era una ciudad famosa en la antigüedad por sus púrpuras que servían para teñir los tejidos. En la actualidad se llama Sur y se encuentra al sur del Líbano.

las rosas que no se han llevado los niños. Las bailarinas balancean las últimas antorchas que extienden hacia las sombras sus dedos de fuego. El pequeño flautista ha entonado otras tres notas agudas en su flauta de hueso. Los porteadores han venido con cofres llenos de anillos traslúcidos para los tobillos. Este se ha embadurnado la cara de sebo y me ha cantado las bromas de su demonio. Dos mujeres con velos rojos sonríen en el aire tibio, frotándose las manos con cinabrio.

El lucero de la tarde asciende y se abren las pesadas flores. Cerca de la gran cuba de vino, cubierta por una piedra esculpida, se ha sentado entre risas un niño cuyos pies luminosos están calzados por sandalias de oro. Sacude una antorcha de pino y sus rojos cabellos se esparcen en la noche. Están entreabiertos sus labios como una fruta que bosteza. Estornuda sobre su mano izquierda y resuena el metal en sus pies. Sé que se marchará de un salto.

¡Io![6] ¡Aquí llega el velo amarillo de la virgen! Sus mujeres la sostienen por debajo de sus brazos. ¡Retirad las antorchas! El lecho nupcial la aguarda, y yo la guiaré hacia el resplandor suave de los tejidos de púrpura. ¡Io! Meted en el aceite perfumado la mecha de la lámpara. Está ya crepitando y a punto de morir. ¡Apagad las antorchas! ¡Oh. esposa

6. Utiliza aquí Marcel Schwob el grito de alegría del que hacían uso los griegos en las fiestas.

mía, te alzo contra mi pecho para que tus pies no rocen las rosas del umbral![7]

La enamorada

Ruego a los que lean estos versos que busquen a mi cruel esclavo. Huyó de mi habitación en la hora segunda después de la medianoche. Lo había comprado en una ciudad bitinia y tenía el olor del bálsamo de su país. Sus cabellos eran largos y sus labios suaves. Embarcamos en un navío fino como la cáscara de una judía. Y los barbudos marineros no nos dejaron afeitarnos o depilarnos, por miedo a las tempestades; arrojaron al mar un gato moteado a la luz de la luna nueva. Las planchas pequeñas de madera y las velas de lino que empujan a las barcas nos llevaron por el mar Póntico, cuyas olas son negras, hasta las orillas de la Tracia donde la orla de espuma es de púrpura y de azafrán a la salida del sol. Y atravesamos también las Cícladas, y tocamos en la isla de Rodas. Cerca de allí, salimos de la fina cáscara a otra isla pequeña cuyo nombre no diré jamás. Pues allí las grutas están tapizadas de hierba rojiza y sembradas de aula-

7. Era costumbre, dentro de los rituales de la boda, que el esposo entrara a la esposa en brazos en su nueva casa para que no tocara con sus pies los umbrales pues se consideraba de mal agüero para el nuevo matrimonio.

gas verdes, las praderas son suaves como la leche, y todas las bayas de los arbustos, sean de rojo sombrío, claras como granos de cristal o tan negras como las cabezas de las golondrinas, tienen un jugo delicioso que da vida al alma. Muda me quedaré con respecto a esta isla, como una iniciada en los misterios. Es un lugar de bienaventuranza y no se ve allí ni un punto sombrío. En ella amé durante todo un verano. En el otoño un barco de fondo plano nos condujo hasta estos campos. Pues mis asuntos estaban descuidados y quería yo conseguir dinero para vestirlo con túnicas de fino biso.[8] Y le he dado brazaletes de oro, cayados trenzados de electrón y piedras que brillan en la sombra.

¡Qué desgraciada que soy! Se fue de mi lado y no sé dónde encontrarlo. ¡Oh, mujeres que cada año lloráis a Adonis, no despreciéis mis súplicas! Si ese criminal llega a vuestras manos, tejed a su alrededor cadenas de hierro, estrechad sus piernas con trabas, arrojadlo al calabozo solado con losas, conducidlo a la cruz y que el verdugo le doble la cabeza bajo las horcas; sembrad granos a manos llenas alrededor de la colina de los suplicios para que los milanos y los cuervos vuelen más presto hacia su cuerpo. Pero, ante todo, (pues no tengo confianza en vosotras y sé que os apia-

8. El biso es un lino muy fino traído de la India o, según otras fuentes, procedente de un molusco, más en concreto de los filamentos que segrega. Con él los pescadores se curaban las heridas que se hacían en sus menesteres.

daréis de una piel tan pulida con piedra pómez) no le toquéis, ni siquiera con la punta delicada de vuestros dedos. Dadles esta orden a vuestros jóvenes mensajeros: que me sea entregado al punto. Yo sabré por mí misma castigarle y le castigaré con crueldad. Pollos dioses irritados, le amo, le amo.[9]

9. Nos recuerda en este final el famoso verso de Catulo, que tan bien conocía Schowb por sus juveniles traducciones de "Odi et amo", la odio y la amo; esa huida de su lado nos trae a la memoria las Heroidas de Ovidio, más en concreto la número X, en la que Ariadna despierta sin Teseo en la isla de Naxos.

Sainte Beuve:
Madame de Staël (1766-1817)

Yevgueni Zamiatin:
La pulga, juguete cómico en cuatro actos

Marcel Proust:
El caso Lemoine

Wilhelm Dilthey:
Satanás en la poesía cristiana

Amelina Correa Ramón:
El escritor Isaac Muñoz

Ramón Gómez de la Serna
Gérard de Nerval, una vida

Benedetto Croce:
Ariosto y el Orlando furioso

Yvonne Bourget:
Sarah Bernhardt, actriz (1844-1923)

W.B. Yeats:
La condesa Catalina

Paul Verlaine:
Quince días en Holanda

Vladimir Maiakovski:
La chinche, comedia de magia

G.K. Chesterton:
Magia, una comedia fantástica

André Gide:
Oscar Wilde: in memoriam